Johannes Weinand

Was sprach Gott?
Und Gott sprach

Johannes Weinand

Was sprach Gott? Und Gott sprach

Satire

Impressum

© 2021

Rechteinhaber/Autor: Weinand Johannes, jd@weinand.vip

Covergestaltung: Constanze Kramer, www.coverboutique.de

Bildnachweis: ©deagreez, ©blackday – stock.adobe.com

©Viorel Sima, ©Subbotina Anna, ©Denis Belitsky - shutterstock.com

Lektorat: Klaus-Dietrich Petersen

Verlag & Druck: tredition GmbH, Halenreie 40-44, 22359 Hamburg

ISBN:

        978-3-347-39473-5 (Paperback)
        978-3-347-39474-2 (Hardcover)
        978-3-347-39475-9 (E-Book)

Bibliographische Informationen der Deutschen Nationalbibliothek: Die Deutsche Nationalbibliothek verzeichnet diese Publikation in der Deutschen Nationalbiographie, detaillierte bibliographische Daten sind im Internet über http://dnb.d-nb.de

Vorwort

Mose 1,27

Und Gott sprach:
Lasst uns Menschen machen ein Bild, das uns gleich sei.
Die da herrschen über die Fische im Meer und über die
Vögel unter dem Himmel und über das Vieh und über die
ganze Erde und über alles Gewürm, was über die Erde
kriecht.
Und Gott erschuf den Menschen, ihm zum Bilde und zum
Bilde Gottes, und so erschuf er einen Mann und ein Weib.
(Man beachte die Reihenfolge.) Und Gott segnete sie und
sprach zu ihnen: „Seid fruchtbar und mehret euch und füllt
die Erde und macht sie euch untertan und herrscht…bla,
bla, bla.

Also, meine Interpretation von Mose 1,27 ist: Sex, Drugs
and Rock´n Roll. Das Interessante an meinen Gedanken ist,
dass Gott mir nicht widerspricht, was bei ihm absolut
ungewöhnlich zu sein scheint. Er kann alles, er weiß auch
alles. Vor allen Dingen weiß er alles besser. Er ist eben
Gott.
Die Fehler, die der Mensch im Laufe der Geschichte
verbockt hat, lässt er nicht als Fehler gelten, sondern
bezeichnet sie lediglich als Endwicklungsprozess.
Aber Gott denkt wesentlich weiter. Und so erschuf er den
Menschen nach seinem Ebenbild. Soweit zu dem
Entwicklungsprozess, denn keiner konnte mir bestätigen,
dass Gott einen Entwicklungsprozess mitgemacht hat. Was
natürlich gewisse Interpretationen über ihn selbst zuließe -
wie auch über den Menschen.
Da ich ihn mittlerweile etwas kennengelernt habe, im
Gegensatz zu vielen „Gelehrten", die meinen, sie würden
ihn kennen, konnte ich feststellen, dass der Typ über ein

ungewöhnlich großes Repertoire an Mutterwitz verfügt. Das konnte ich vor allen Dingen, in den langen Gesprächen mit ihm feststellen. Dabei ging es hauptsächlich um die Bibel.

Manche Assoziationen zu unseren Politikern drängen sich dabei auf, die in ihrer Sprache die Unwahrheit so verdrehen können, dass die Wahrheit als Ergebnis dann das Licht der Welt erblickt.

Mein Bedürfnis, dieses Buch zu schaffen, entsprang nicht aus dem Bedürfnis, dieses Buch zu schreiben, sondern es war eine gewollte, erzieherische Maßnahme meiner Frau, um mir das Schreiben abzugewöhnen. Dazu muss man sagen, dass sie meinte, die Idee entstammte aus ihrem Gehirn. Was soll ich über diesen weiblichen Gedankengang sagen? „Irren ist menschlich, sprach der Hahn, dann stieg er von der Ente, denn er hatte sich vertan."

Um diese Gedanken zu verstehen, müssen wir mit der Geschichte beginnen, und die Geschichte beginnt bei mir zu Hause, in meinem Ehebett. Nicht, dass Sie meinen, im Schlaf würde es passieren. Weit gefehlt.

So fing das Chaos an

Es ist eine Geschichte, die sich hätte, so zutragen können, oder es ist vielleicht schon geschehen.

Also beginnen wir jetzt ganz von vorne. (Wenn man vorne beginnt, ist es immer der Anfang).

Es ist nicht ganz einfach, sich als Schriftsteller durch das heutige Leben zu kämpfen, denn kalt wehte einem der Wind der Konkurrenz ins Gesicht und der Drang, an die Spitze der Charts zu gelangen, war schon als manisch zu bezeichnen. Was bei mir aber nicht der Fall war, da ich meine Bücher aus einer gesicherten Position herausschreiben konnte und ich instinktiv schon keinen Drang mehr verspürte, berühmt zu werden. Manchmal hatte ich das Gefühl der Kastration.

Es war wie die Assoziation einer Jahrhunderter alten Ehe, die man miteinander lebte, ohne zu erleben. Und man hatte nicht das Bedürfnis dazu. Dabei gab es Neues zu entdecken bis dann der Richtige kommt oder der Andere, der einem noch einmal die Hormone zum Fließen bringt. So waren meine Schriftstellerei und ich wie ein altes Ehepaar, gesund und lebensfähig.

Habe ich gerade das Wort lebensfähig benutzt? Jetzt muss ich doch lächeln, denn ich war in keinster Weise lebensfähig. Ich hing an dem Nabel meiner Frau und ließ mich von ihr ernähren. Was mich aber keineswegs störte, da es ein ganz anderes Leben war, als ewig zu buckeln und noch einmal zu buckeln. So sollte der Tag kommen, an dem jemand in mein Leben trat, dem man besser nicht widersprach - und ich tat es allzu oft.

So war der Tag gekommen, an dem sich mein Leben verändern sollte, und das alles ohne mein Zutun. Es fing ganz banal an. Es ging von meiner Frau aus und noch jemanden im Hintergrund, den Sie später noch zur Genüge kennenlernen werden.

Ich selbst, ein Schriftsteller par excellence, war mit nur einem Makel behaftet: ich hatte noch keines meiner Werke veröffentlicht. Aber ich hatte das Glück, mit einer aktiven, attraktiven und reichen Frau verheiratet zu sein, die immer zu mir sagte - nach einem Glas Wein, vielleicht auch zwei -: „Schatz, du bist wie Johann, der König ohne Land, du bist mein Schriftsteller ohne Verlag."

Dazu sollte man wissen, wer Johann ohne Land war:
Der Bruder von Richard Löwenherz (König von England 1189-1199). Der König von England hatte allen seinen Söhnen, außer seinem Sohn Johann, ein Lehen zur eigenen Verfügung gegeben. Mangels eigenen Landes wurde er „Johann, der ohne Land" genannt. (Er war also der König von England von 1199-1216).
Möglicherweise auch, weil er unter dem Druck seiner Earls, dem Papst England als Lehen gab, somit war er also nicht mehr Herrscher im eigenen Land, sondern im Land des Papstes. Also ein König ohne eigenes Land. Somit schied auch England als das gelobte Land aus, aber das ist eine eigene Geschichte. Nicht, dass Sie meinen, dass es etwas mit dem Linksverkehr zu tun hat, oder mit Maria Stuart, aber wir schweifen jetzt ab.
Johann Ohneland, im englischen John Lackland, eigentlich franz. Jean Plantagenêt genannt. Jean Sans-Terre war von 1199 bis 1216 König von England, Lord von Irland, Herzog der Normandie und von Aquitanien sowie Graf von Anjou.
Er war also doch nicht ganz so schlecht situiert.

Ich hatte mich an ihren Vergleich gewöhnt und mittlerweile sah ich das als Lob meiner Frau an. Denn Maria, meine Frau, war wirklich ohne Falschheit (bis zum heutigen Tag). Selbst unsere Töchter hießen alle Maria. Die älteste hieß Maria Magdalena, die zweite Maria D´Arc, die dritte Maria

Curie. Ich weiß bis heute noch nicht, welcher Teufel meine Frau da geritten hat.

Es sei zu erwähnen, dass alle Frauen im nachfolgenden Werk Maria heißen, während ich bei den Männern durchaus variantenreicher war.

Mittlerweile hatten wir drei Töchter, deren Namen ich ja schon vorgestellt habe. Sie machten unser Glück perfekt, und so hatte ich auch das Glück, zuhause bleiben zu dürfen, um sie zu erziehen.

Die Mädchen hatten nun das Alter und waren ausgeflogen, und ich war immer noch zu Hause. So igelte ich mich in meiner Intellektualität ein und schuf mir mein eigenes Universum.

Es war schon als Sucht zu bezeichnen, Wissen zu tanken, um es dann in meinen Romanen, Gedichten oder Essays wieder weiterzugeben. Was sollte es also? Keiner las es. Ich war in meinem Universum gefangen. Aber die Nornen des Schicksals hatten mein Schicksalsfaden noch nicht zu Ende gestrickt; es hielt noch manche Überraschung für mich bereit und manche Weisheit wurde von mir neu überdacht.

Der Schicksalsfrage begann mit einem herzhaften Gähnen in unserem Wasserbett. Nachdem sich meine Frau von meinem noch durchaus ansehnlichen Körper heruntergerollt hatte und ich mich schon wieder in den Sphären meines Intellekts suhlte, hormonell befreit, das Glied erschlafft, aber noch fest in der Hand meiner Frau Marie, die dann undefiniert damit herumspielte. Manchmal hatte ich das Gefühl, dass sie meinte, es sei ein Zauberstab und glauben Sie mir, sie konnte mit dem Zauberstab umgehen.

So geschah es, wie es kommen musste. Neue Energien entstanden in meinem geschundenen Körper, und der Zauberer hatte wieder einen Stab, mit dem er zaubern konnte. Mit einem hinterhältigen Lächeln schwang sich ihr durchtrainierter Körper auf mich, und der Dorn der Liebe drang in sie ein. Ein wollüstiges Stöhnen entsprang ihren Lippen, als der Teufelsritt über die Unebenheiten unseres Wasserbettes erneut begann.

Es entstand ein mystischer Moment, so hatte ich sie noch nie erlebt. Ich hatte das Gefühl, nicht nur ich wäre in sie eingedrungen. Meine intellektuellen Synapsen belohnten mich mit einem Erguss und den Worten, die sich in meinem Hirn formten: „Verdammt, Johannes, war das gut, deine Frau ist eine verdammte Künstlerin."

Ich sollte später oft diese Worte noch einmal überdenken, aber nie zu einem Ergebnis kommen. Dabei war ich mir auch nie sicher, ob diese Worte von mir gekommen waren.

Gefühlte zwei Stunden dauerte der Ritt, und Maria saugte jeden Widerstand aus mir heraus.

Es war noch ein wunderschöner Sonntag. Sonntags gingen wir immer in die Kirche. Um 10.00 Uhr war das Hochamt, das war unsere Zeit. Nicht, dass Sie meinen, ich wäre besonders gläubig, nein, ich machte es Maria zuliebe, die nicht nur im Sex Erfüllung fand. Auch das regelmäßige Beichten gehörte dazu und erfüllte die Phantasie des Pastors, der es sich nie nehmen ließ, ihr die Beichte persönlich abzunehmen.

Dabei lief wie immer ein Film tief in mir ab, wie der Pastor schon geifernd darauf wartete, sonntags neue Sündenstories zu hören. Ich wartete auf den Tag, an dem dieser Pharisäer mit einem nassen Handtuch und heruntergelassener Hose den Beichtstuhl verließ. Regelmäßig lief dann ein weiterer Film vor mir ab, wenn meine Frau im Beichtstuhl verschwand und dann, nach langer Zeit, gefühlte zwei Stunden, mit glückseligem Gesicht den Vorhang aufstieß, um sich wieder zu mir zu gesellen. Dabei hatte ich nie das Gefühl, dass die Frau meines Lebens in der Lage war zu sündigen.

Na, ja, die Hoffnung stirbt zuletzt.

So überraschte mich meine Frau, als der Ritt zu Ende war, und sie schwer atmend neben mir lag, mit den Worten: „Schatz, du bist ein Gigant."

Es sollte mir zu denken geben, dass sie es so betonte. Ich wusste es ja. Aber dieses hohe Ross sollte bald anfangen zu bocken, um mich abzuwerfen. So war mein Widerstand schnell und vollends gebrochen, und es würde Tage dauern, ihn wieder auf ein normalen Level zu bringen.

Das Wort Gigant waberte in der Luft herum, und als es sich langsam auflöste, kam der Schlag, den man beim Boxen „The Lucky Punch" nannte.

„Schatz, was meinst du, wenn wir nie mehr in die Kirche gehen und ich nie mehr zu dem Pastor in den Beichtstuhl gehe?"

Ich hatte das Gefühl, dass sie genau wusste, was in mir ablief, wenn sie den Beichtstuhl betrat.

Die Falle war also so offensichtlich, dass ich in meinem erschlafften Widerstand vollends hineintappte.

„Da bin ich sehr mit einverstanden."

„Aber ich habe eine Bitte."

„Jede, die ich dir erfüllen kann."

Jetzt strickten die Nornen ihr letztes Muster.

„Ich möchte, dass du mit der Schriftstellerei aufhörst und dich mehr in den Betrieb einbringst."

Kraftlos drehte ich mich zu ihr um und schaute sie erstaunt an.

„Bist du dir da wirklich sicher?"

„Im Hobbybereich kannst du ja weiterschreiben, aber professionell ..., da hat man dir doch gezeigt, dass man deine Romane nicht mag."

Es war wie ein ultimativer Kopfschuss, und langsam blutete ich aus. Das alles für einen verdammten Ritt.

„Deine endgültige Entscheidung, Maria?"

Jetzt wurde ihre Stimme zu Eis, und sie antwortete mit einer Entschlossenheit, die ich von ihr nicht kannte: „Ja.

Aber bevor du in den Status der ehrlichen Arbeit gehst, habe ich eine kleine Überraschung für dich. Ich habe einen Urlaub für dich ganz alleine gebucht."

„Einen Urlaub? Wie komme ich zu der Ehre?", fragte ich verblüfft.

„Ja. Ich war natürlich bei meinem Psychiater."

Hier unterbrach ich sie und fragte erschüttert: „Du hast einen Psychiater?"

„Natürlich, jeder hat heutzutage einen Psychiater. Aber unterbrich mich nicht. Der wiederum sagte mir, dass es, so wie du schreibst, wie eine Droge ist."

Manchmal war mein Mund schneller als mein Gehirn, so fragte ich: „Nimmt er dir auch die Beichte ab?"

„Wie meinst du das?" fragte sie eisig.

„Ach, nur so ein Gedanke, vollkommen unwichtig." Ich soll also auf Entzug? Es wurde immer besser.

„Wohin soll ich denn in Urlaub?"

„In ein Schweigekloster."

„Wer hat dir das denn geraten? Lass mich raten, der Pastor?"

„Woher weißt du das?" fragte sie erstaunt.

Ich schaute sie wissend an und wartete mit der Antwort.

„Wie ich es mir denken kann, hat er seinen Besuch schon angekündigt, um dir seine private Beichte abzunehmen?"

„Woher weißt du das?"

„Och, Intuition", antwortete ich flau. Das Loch, in das ich fiel, wurde immer dunkler. Eine Nuance der Aufmüpfigkeit regte sich in meinem Gehirn: „Was ist, wenn ich das nicht mache?"

„Dann schneide ich die Nabelschnur durch, und wir lassen uns scheiden. Du weißt doch, dass Papa für einen Scheidungsvertrag gesorgt hat, den würde ich dann in Anspruch nehmen.

Ich konnte es immer noch nicht glauben. Aber es war vorauszusehen, denn der Alte konnte mich noch nie leiden.

Mir klingeln noch seine Worte im Ohr, als er vor der Heirat seine Tochter auf die Seite nahm und sagte: „Maria, was willst du einen nichtsnutzigen, erfolglosen Schriftsteller heiraten? Der Kerl ist keinen Cent wert, der liegt dir nur auf der Tasche."

Jetzt erkannte ich es blitzschnell, die ganze Familie war so gestrickt. Die Tochter nimmt sich intellektuelle Nanny, lässt sich von der Nanny Kinder machen, so brauchte sie sich nicht mehr um die Nachkommenschaft zu kümmern. Trotzdem befielen mich Zweifel. Maria war nicht so, da mussten tiefgreifende Probleme das Steuer übernommen haben.

Die Kurzanalyse ließ mich aber nicht abhalten, einen gemäßigten Kommentar abzugeben.

„Das ist ein Spaß, wir hatten gerade den Sex unseres Lebens und du willst mich, wegen eines notgeilen katholischen Pastors, verlassen, der sehr wahrscheinlich ein Verhältnis mit deinem Psychiater hat, damit der ihm für seine sexuellen Exzesse kleine Jungs besorgt, die Eltern in seine Obhut gegeben haben."

Ich erkannte den ganzen Komplott und war den Tränen nah. Aber in mir erwachte der Kämpfer, und kämpferisch stellte ich meiner Frau Maria ein Ultimatum.

„Liebe Maria."

Schon schaute sie mich argwöhnisch an.

„Wir machen es so, wie du es willst. Aber ich sage dir, wenn ich wiederkomme, und ich habe mich gegen deinen Willen entschieden, werden wir uns trennen. Dann kannst du dahin gehen, wo die Pastoren oder Psychiater dich hinführen. Männer mit so viel Lebenserfahrung werden dir bei deinem weiteren Leben helfen, dich weiterzuentwickeln."

Jetzt ging ihr argwöhnischer Blick in eine gewisse Art von Unglauben über. Ich beobachtete sie genau und konnte feststellen, wie ihr die Gesichtszüge entglitten. So beschloss ich, ihr richtig weh zu tun. Ich hatte ein Stadium erreicht, das ich von mir nicht kannte. Kalt abwartend, meine Gegnerin beobachtend, holte ich zum finalen Stoß aus.

Der dann wäre?

Man merkte, dass sie psychologisch geschult war, denn diese Frau strahlte eine Art der Arroganz aus, zu der nur eine Frau in der Lage war, die ihren Gegner unterschätzte.

Ich machte mir mein Wissen zunutze und holte mir Sun Tsus Wissen hervor, das er in seinem 2500 Jahre altem Schinken „Kunst des Krieges" zum Besten gegeben hatte.

Bevor ich ihr dann die Antwort gab, zog ich mich an, um ihr nicht in meiner erschlafften Nacktheit die Möglichkeit zu geben, irgendwelche lästerlichen Bemerkungen über die männliche Beschaffenheit loszuwerden.

„Ich rufe unsere Töchter jetzt an, um sie über die familiären Entscheidungen deinerseits zu informieren."

„Das wirst du nicht wagen."

„Das werde ich jetzt sofort erledigen."

Was dann passierte, hätte ich mir denken können, hätte ich sie besser beobachtet. Ich nahm mein Handy, und rief nacheinander meine Töchter an, um jedes Mal Waterloo neu zu erleben. Natürlich hatte sie die Mädchen über ihr Vorgehen schon informiert.

Zähflüssige Stille lastete im Raum. Maria beobachtete mich abwartend. So stand sie da wie eine sprungbereite Großkatze. Den Kopf leicht gesenkt, meine Mimik studierend.

In meinem Kopf wirbelten die Gedanken nur so durcheinander, die dann in eine gewisse Art der Panik übergingen. Aber die Anrufe hatten in mir Morphine freigesetzt, die mich zum Widerstand aufforderten. War ich das wirklich noch, oder schiss mir da jemand ins Gehirn? Später, da konnte ich dann die Frage beantworten, aber jetzt rätselte ich nur über meine Wesensveränderung und antworte wie ein Automat.

14

„Um unsere Ehe vielleicht noch retten zu können, werde ich deinen Vorschlag annehmen und in das Schweigekloster gehen, um über deine Entscheidung zu meditieren. Wann hattest du gebucht?"

„Morgen früh kannst du einchecken. Ich packe dir deinen Koffer."

Abwehrend, die Hände hebend, antwortete ich: „Nicht nötig, nachdem du alles so fein eingefädelt hast, möchte ich auch meinen Teil dazu beitragen."

Sie hatte verstanden, und jedes weitere Wort war überflüssig. So verließ sie kopfschüttelnd unser Schlafzimmer, während ich mich noch einmal auf das Bett legte, um über die Situation nachzudenken.

Es war, als hörte ich immer wieder eine Stimme in meinem Kopf, die sanft wie ein hinduistisches Mantra klang: „Johannes, du hast genau richtig reagiert. Bravo, mein Junge. Jetzt wollen wir den Marias mal zeigen, wo Lorbass den Senf herholt."

Verdutzt schaute ich mich im Raum um, aber ich sah niemanden, der das gesagt haben könnte.

Ja, richtig, ich hieß Johannes. Meine Familie war streng katholisch, und meine Mutter wollte, dass ich nach Johannes dem Täufer benannt wurde. Ich hatte bis heute noch keine Assoziation zu diesem frühalterlichen Knecht gefunden, und so war ich wie ein Suchender.

Ich legte mich auf den Strom, um zu sehen, ob er mich trug.

Im Schweigekloster

Gott schien es gut mit mir zu meinen, denn der Weg in das tiefe Bayern war erholsam. So erreichte ich den Ort, mit meinem kleinen Renner, ohne Probleme.

Natürlich hatte ich, bevor ich losfuhr, eingehende Recherche über das Kloster betrieben, um zu erfahren, in was für einen Ort es mich verschlug.

Ein kleines bayrisches Dorf mit einer Abtei und einem Kloster. Politisch tiefschwarz orientiert, dass man meinen konnte, die Heilige Inquisition triebe noch ihr Unwesen. So konnte ich meiner Frau nur noch die Vorhaltung machen, dass ich als Schleswig-Holsteiner, sehr wahrscheinlich gedanklich ausgetrocknet, wieder nach Hause kommen würde. Maria ließ sich zu keinem Kommentar hinreißen und entließ mich mit einem gekonnten, tieftraurigen Blick. Aber ich glaubte ihr nicht mehr und verließ sie mit einem hochmütigen Blick, der von ihr mit Verwunderung angenommen wurde, und sie sich dann kopfschüttelnd abwandte.

Ich stieg in meinen Flitzer, legte die CD „Highway to Hell" ein und rauschte ab. Hätte mir jemand gesagt, wie nahe ich der Hölle kommen würde, hätte ich ihn für verrückt erklärt.

Am späten Nachmittag erreichte ich die Abtei, parkte meinen Wagen vor dem Eingang in einer kleinen Parkbucht, stieg gut gelaunt aus und machte mich auf den Weg des Herren.

Kaum hatte ich die riesige Holztür erreicht, öffnete sie sich wie von Geisterhand. Natürlich dachte ich sofort an das obligatorische Knarren, das auch einsetzte, als ich daran dachte.

Ein inneres Lachen auf den Lippen betrat ich den gepflegten Garten, in dem einige Mönche lustwandelnd, um die steinigen Wege mit ihren schmutzigen Füßen zu quälten, um auf den Knien liegend Unkraut zu zupften.

16

Der leichte Duft von Weihrauch umspielte meine Nase, und ich spürte fast körperlich die schattige Kälte des Kreuzganges.

Von der tiefgreifenden Stille überrascht und auch angenehm berührt, schaute ich mich um und sah ein Stillleben vor mir, das mir das Gefühl gab, dass die Zeit stehengeblieben war. Nicht die Zeit in der Geschichte, sondern der momentane Moment, der mich wie ein Windhauch erreichte.

Keiner schien mich zu beachten, aber ich nahm jede einzelne Nuance dieses sich mir bietenden Bildes auf. Die lustwandelnden Mönche, ihre arbeitenden Kollegen, dazwischen zwei ältere Gärtner, die wohl zum Personal gehörten, und zuletzt ein großer, leicht gebeugter weißhaariger Mann, der entspannt auf einer Bank saß und die späte Abendsonne nutzte, um noch etwas Wärme in seinen schlanken Körper aufzunehmen.

Sofort spielte sich in meinem Gehirn ein kleiner Film ab, der wiederum von irgendwoher, mit einem leisen Lachen, kommentiert wurde.

Wieder einmal drehte ich mich um, um den Lacher auszumachen. Aber auch diesmal, wie ich es in den letzten 24 Stunden schon so oft erlebt hatte, schüttelte ich in Unverständnis, suchend den Kopf, und nahm mir vor, nach meinem Urlaub zum Arzt zu gehen.

Trotzdem blieb die Stimme in meinem Kopf, die dann in einem etwas süffisanten Ton bemerkte: „Im Mittelalter wärst du alleine für deine Gedanken verbrannt worden."

Langsam wurde ich unsicher, als einer der Gärtner auf mich zukam und mich freundlich fragte: „Wer hat Ihnen denn das Tor geöffnet? Kann ich Ihnen helfen?"

Ich gab ihm die Hand und antwortete freundlich: „Das Tor öffnete sich von allein."

Mit dem Schalk in den Augen, der vielen Gärtnern zu eigen war, antwortete er mir: „Sie haben nicht zufällig Sesam öffne dich gesagt?"

Wieder kam die Stimme in meinem Kopf, die bemerkte: „Ich habe ihn mit einem trockenen Humor gesegnet."

Die Frage des Gärtners übergehend, dem Geflüster und leisem Lachen in meinem Gehirn nachgehend, war es mir klar, ich hatte einen an der Waffel.

Dann stellte ich mich vor und teilte ihm mit, dass meine Frau hier gebucht hatte.

„Maria?"

„Ja."

Er warf mir einen merkwürdigen Blick zu, den ich durchaus bemerkte. So meldete sich die Stimme in meinem Gehirn wieder und sagte: „Weißt du, was er gedacht hat, Johannes?"

„Nein", sagte ich laut.

„Ist was?" fragte mich der Gärtner.

Irritiert antwortete ich: „Nein, natürlich nicht."

Dann kam wieder die Stimme: „Er dachte, armer Kerl."

„Haben Sie das auch gehört?", fragte ich den Gärtner.

Er lachte und meinte leichthin: „Sie meinen die Stimmen?"

„Ja, genau, die Stimmen."

Er beugte sich geheimnisvoll zu mir und flüsterte: „Diese Abtei wird auch die Abtei mit der Stimme Gottes genannt."

„Ich dachte, es wäre ein Kloster?"

„Ein Vertreter des Heiligen Stuhls war hier zu Besuch, und kurz nachdem er ging, wurden die beiden Klöster zu zwei Abteien erhoben. Der Abt und die Äbtissin waren sehr erstaunt über die Beförderung."

Wichtig schüttelte er den Kopf, während ich fragte: „Und was hat das mit den Stimmen auf sich?"

„Man munkelt, dass der Vertreter des Heiligen Stuhls ein Verhältnis mit der Äbtissin hatte."

„Siehst du, Johannes", dröhnte die Stimme in meinem Kopf: „Jetzt fängt die Wahrheit an, ein Märchen zu werden. Ich hatte ein Verhältnis mit der Dame. Sie heißt übrigens Maria und ist so hübsch wie Gott sie schuf."

„Wer bist du, verdammt noch mal?", entfuhr es mir.

„Wer kann ich denn schon sein? Ich bin es, dein Gott."

„Spricht er zu dir?", fragte der Gärtner.

„Wann spricht er nicht zu mir? Er mischt sich dauernd in mein Leben ein."

„Na, na, na, Johannes, als du den gewaltigen Ritt mit deiner Frau hattest, da habe ich mich natürlich nicht eingemischt."

„Weißt du, wie man so etwas schimpft, Gott? Oder muss ich Herr Gott sagen?"

„Kommt aus dem französischen und nennt sich Voyeur", kam es schmunzelnd zurück.

Der Gärtner stellte sich direkt vor mich und fragte schon lauernd: „Spricht er die ganze Zeit mit dir?"

Arrogant antwortete ich: „Mit wem soll er denn sonst reden? Das ist doch aber ein Kloster des Schweigens. Hier redet doch keiner."

„Das ist natürlich wahr. Aber er könnte mit mir reden."

Verständnislos schüttelte ich den Kopf und fragte mich, was hier ablief. Ich war auf jeden Fall nicht überrascht, als der sogenannte Gott antwortete.

„Siehst du, Johannes, darin liegt das Verständnis zu Gott. Er hat nicht verstanden, dass er durch seinen Beruf jeden Tag mit mir spricht."

Der Gärtner, der natürlich mitbekam, dass ich wieder in mich hinein lauschte, fragte neugierig: „Was hat er denn gesagt?"

„Das du ein Idiot bist, und du einmal darüber nachdenken solltest, wie nah du ihm durch deinen Beruf bist."

„Deswegen muss er doch nicht gleich Idiot sagen. Ich habe ihm doch nichts getan"

Schmollend verzog der Mann sein Gesicht. Als ich es sah, bekam ich wegen meiner kleinen Lüge ein schlechtes Gewissen. Aber die ganze Situation überstieg meine momentanen, koordinativen Möglichkeiten.

„Er hat nicht gesagt, dass du ein Idiot bist, das war meine Inspiration. Es ist so, dass du nicht erkennst, wie wichtig du für den Mann bist."

„Wer sagt denn, dass ich ein Mann bin, Johannes?", fragte die Stimme eindringlich in meinem Kopf.

„Das will ich dir sagen, mein Gott", langsam fing es an, mir Spaß zu machen, mit verschiedenen Wort-Assoziationen zu arbeiten. Das gab mir das Gefühl, das Feld der Schlacht zu bestimmen.

„Deine Aussagen haben einen bestimmten maskulinen Touch. Und jetzt geh mal bitte kurz aus meinem Leben, ich will in dem Kloster des Schweigens einchecken."

„Abtei, Johannes, Abtei. Ich werde dich einen Moment in Ruhe lassen, aber wir beide haben Redebedarf."

„Hast du da nicht genug Festangestellte, die sich mit dir unterhalten wollen und die du auf den rechten Weg führen solltest? Du weißt, der Fisch fängt am Kopf an zu stinken."

„Dein loses Mundwerk wird dir noch das Genick brechen, Johannes."

„Aha, wenn der Glaube nicht mehr weiter weiß, dann fängt er an zu drohen. Das kennen wir ja aus der Geschichte."

Verzweifelt hörte ich nur noch: „Ich hätte den Menschen nie die Sprache geben dürfen."

Nur um das letzte Wort zu haben, bemerkte ich trocken und mit einer gewissen Arroganz: „Und er schuf den Menschen nach seinem Ebenbild."

Keine Bemerkung mehr erwartend, schaute ich nun hoch und bemerkte, dass alle Anwesenden, bis auf den

Weißhaarigen, mich anschauen. Da erst stellte ich fest, dass ich die Unterhaltung mit einer gewissen Lautstärke geführt hatte.

Der Gärtner, der immer noch neben mir stand, aber mittlerweile einen Schritt zurückgewichen war, fragte: „Du hast dich die ganze Zeit mit ihm unterhalten?"

„Ja", antwortete ich genervt. „Ist das so etwas Besonderes?"

In diesem Moment trat ein großer, korpulenter Mönch auf den Plan, der anscheinend die ganze Szene aus dem Schatten heraus mitbekommen hatte. Mit einer Handbewegung hielt er die Anwesenden an, weiterzuarbeiten.

Gemessenen Schrittes kam er auf uns zu, und der Gärtner flüsterte nur: „Der Abt, ein gütiger und gefährlicher Mann."

Ich schaute den Mann mit gelassenem Blick entgegen, während der Gärtner immer kleiner wurde. Ich merkte sofort, dass hinter der Aura der Macht, die der Mann verströmte, große Unsicherheit war.

Als der Abt noch zwei Schritte entfernt war, wandte er sich dem Gärtner zu: „Jakob, geh wieder an die Arbeit, ich übernehme den Gast."

Sich verbeugend, verschwand der Mann, und der Abt versuchte, mich in seiner Aura zu fangen. Um den Moment zu zerstören, stellte ich ihm eine Frage: „Ich denke, das ist ein Schweigekloster, wieso sprechen Sie?"

Gelassen antwortete er in einem schon flapsigen Tonfall, den ich einem Hirten Gottes gar nicht zugetraut hätte, der ihn aber durchaus sympathisch erscheinen ließ: „Wir bestimmen die Zeit, in der wir schweigen, selbst, und ich bin der Boss hier, ich kann immer etwas sagen." Mit einem Zwinkern in den Augen gab er mir die Hand.

Ich stellte mich vor: „Johannes."

Er sagte ganz einfach: „Nenn mich Abt, das langt."

Ergeben sagte ich nur: „Ok."

21

Wir hatten uns mittlerweile umgedreht und strebten in Richtung des Abtei-Inneren. Dabei kamen wir an dem weißhaarigen älteren Herrn vorbei, und ich bemerkte nur beiläufig, indem ich mich an den Abt wandte: „Wer ist denn der ältere Herr?"

„Auch ein Gast, der die Stille des Klosters genießt. Er ist oft hier, um zu meditieren. Anscheinend ein Manager, kommt immer ziemlich ausgelaugt an und verlässt uns voller Energie."

Neugierig schaute ich den alten Mann an, der lächelnd zu mir hochblickte und leicht mit dem Kopf nickte. Ich war nur kurz abgelenkt und konzentrierte mich dann wieder voll auf den Abt, dem ich dann auch die ultimative Frage stellte: „Was hat das mit den Stimmen auf sich?"

„Ein Mythos, Herr Johannes. So etwas wie geistige Erleuchtung. Ich selbst habe noch nie von solchen Stimmen etwas in meinem Kopf gehört."

Die NSA schien ein Klacks gegen das zu sein, was sich in meinem Kopf abspielte: „Er soll sich nicht so haben. Eher melde ich mich bei dem Gärtner als bei ihm. Und bevor du fragst: Es gibt keinen Grund, mich bei ihm einzuschleimen. Als Abt ist er nur ein Verwalter und mehr nicht."

Ich ließ mir nicht anmerken, dass ich wieder die Stimmen in meinem Kopf hörte und folgte dem Abt, ohne noch einmal irgendeinen Kontakt zu bekommen. So wie es sich für einen Verwalter gehörte, wies er mich ein, sagte mir, wann die Essenszeiten waren und auch, wann die ersten und letzten Gebete gesprochen wurden. Dabei stellte er fest, dass keine Pflicht bestehen würde, an Essen oder Gebeten teilzunehmen. Was mich persönlich sehr erfreute. Bis um 22.00 Uhr wäre das Tor offen, da die Besucher jederzeit die Möglichkeit hatten, wie er es ausdrückte, das äußere Universum zu besuchen. Nachdem er mir die Klause zugewiesen hatte, verließ er mich. Aber nicht, ohne mir noch eindringlich mitzuteilen, dass man es gerne sehen würde, wenn die Besucher beim 23.00 Uhr und 4.30 Uhr Gebet erscheinen würden.

So saß ich alleine in der Klause und dachte darüber nach, wie ich mich weiter verhalten würde. Es war nicht mein Ding, mich weiter unterzuordnen. Aber ich hatte keine Möglichkeiten mehr, etwas für mich selbst zu entscheiden. All diese Entscheidungen wurden mir ab sofort abgenommen, nachdem es leise an der mächtigen Holztür meiner Klause klopfte.

„Ja, bitte."

Die Tür öffnete sich sachte, und herein kam der weißhaarige ältere Herr, setzte sich an den Tisch und bedeutete mir, mich dazu zu setzen. Bis dahin war noch kein Wort gefallen. Neugierig stand ich von meinem Bett auf und ging zu dem Tisch und setzte mich. Schon fast freundschaftlich gab er mir die Hand und stellte sich vor.

„Ich bin es, Gottvater, und bevor du eine deiner lästerlichen Bemerkungen zum Besten gibst, bin ich die Stimme in deinem Kopf."

Er hatte leise und durchdringend gesprochen, und ich hatte mir vorgenommen, mich abwartend zu verhalten. So fragte ich nur: „Der Beweis steht vor dem Glauben?"

„Ich wusste es von Anfang an, dass ich es mit dir nicht leicht haben würde."

Sofort antwortete ich: „Und Gott erschuf den Menschen nach seinem Ebenbild."

Beschwichtigend, die manikürten Hände nach vorne nehmend, sagte er: „Ist ja gut, ist ja gut. Wie möchtest du, dass ich es dir beweise?"

„Such dir etwas aus."

Abwartend, den Kopf leicht schief haltend, antwortete er: „Die Stimme im Kopf?"

„Nein, nein, wenn das wirklich gehen sollte, was ich nicht glaube, wäre es natürlich abgefahren."

„Ok, Johannes, das Essen ist hier nicht so gut, du kannst wählen. Entweder wir gehen zur Äbtissin und schlagen uns da den Bauch voll, nebenbei bemerkt, haben die Damen eine sehr gute Küche oder es verschlägt uns in den Dorfkrug, der auch nicht von schlechten Eltern ist. Vor allen Dingen ist der Wein im Dorfkrug besser als bei der Äbtissin. Aber, dass Danach-Programm ist in der Abtei besser."

„Was ist denn das Danach-Programm?"

Ohne mit der Wimper zu zucken, antwortete er: „Sex, Drugs and Rock´n Roll."

So, wie er es sagte, meinte er es wohl ernst. Da mir nicht nach anderen Frauen war, ich Hunger hatte und ein gutes Glas Wein auch nicht verschmähen würde, sagte ich: „Der Dorfkrug."

„So sei es", antwortete er nur leichthin, und wir fanden uns im Dorfkrug wieder.

Während ich, noch sprachlos, den Mund nicht zu bekam, orderte Gottvater schon die Bedienung. Eine junge, hübsche, besser gesagt, sehr gutaussehende Frau.

„Maria, mein liebes Kind, bring uns bitte die Menü-Karte."

„Sofort, Vater."

„Deine Tochter?"

„Nein, eine gute Freundin. Ich habe sie gebeten, das Gott davor wegzulassen. Das würde die anderen Besucher doch nur irritieren."

„Wenn ich so meine geschichtlichen Kenntnisse aktiviere, hast du zu deinen persönlichen Orientierungsproblemen auch noch gewaltige Identifikationsprobleme, welche, solltest du Gottvater sein, schon seit 2000 Jahren an Dir haften."

„Ich wusste von Anfang an, dass es schwierig wird mit dir."

„Du wiederholst dich. Apropos schwierig: ein guter Trick mit dem Verschwinden. Bist Du bei Siegfried und Roy zur Schule gegangen?"

„Kennst du Thomas, den Apostel?"

„Sicher" antwortete ich: „Er wurde nicht umsonst der Zweifler genannt. Du kennst doch bestimmt Johannes 11,16?"

Jetzt kamen mir meine Bibelkenntnisse in den Sinn, mit der mich meine Frau ab und zu überschüttete.

Gelangweilt, die Stimme abfallend, auf den Erdboden sehend, antwortete er: „Ja, ja, ich kenne sie."

„Dann will ich sie dir noch einmal ins Gehirn rufen. Du weißt, dass es um die Erweckung des Lazarus ging. Dein Sohn sollte in die Nähe von Jerusalem kommen, was zu dieser Zeit sehr gefährlich war. Er hielt deinem Sohn die Stange und spornte die anderen Jünger mit den Worten an: Dann lasst uns mit ihm gehen, um mit ihm zu sterben

„Was willst du mir sagen, Johannes?"

„Wo siehst du bei Thomas den Zweifler? Überzeuge mich, und ich bin bei dir."

Die junge Frau kam wieder an den Tisch und nahm die Bestellung auf, dabei entging mir nicht der begehrliche Blick des Alten.

„Na, na, die Kleine ist ja wohl zu jung für dich."

„Das ist alles eine Sache der Sichtweise."

„Wie soll ich das verstehen?"

„So eine junge hübsche Frau, die braucht auch einen jungen, hübschen Mann. Schau mich mal genau an."

Ich schaute ihn an und war über die Veränderung verblüfft. Vor mir saß ein großer, gutaussehender junger Mann, der den erfolgreichen jungen Unternehmer darstellte. Verblüfft schaute ich die junge Frau an, die ihm immer wieder heimliche Blicke zuwarf.

„Konnte ich dich überzeugen, Johannes?"

Ich schaute ihn an, als ich wieder die Stimme hörte und vor mir saß wieder der ältere Herr.

„Weißt du eigentlich, wie niederträchtig du bist, alter Mann?"

Ein süffisantes Lächeln umspielte seine Lippen, als er sich in meine Frau verwandelte. Ahnungen stiegen in mir auf, als ich ihn stotternd fragte: „Dann wurde ich von dir beritten?"

„Bestimmt nicht, Johannes. Ich stehe nicht auf Männer."

Mir fiel ein Stein vom Herzen, als ich antwortete: „Na, dann bin ich aber erleichtert."

Der Rotwein kam, und die junge Frau nahm die Bestellung auf.

„Die Illusion ist das Hilfsmittel des Zauberers. Die Illusion ist aber auch das Hilfsmittel Gottes."

Der Vertrag von Sancta Andek

Das Essen war vorzüglich, verlief aber schweigsam. Während ich mir Gedanken um den alten Mann machte, der sich selbst Gottvater nannte und dabei genüsslich mein Geschnetzeltes aß und auch an dem exzellenten Wein nippte, verschlang der alte Mann einen Hamburger von 30 cm Höhe mit einem Fleischklops darin, der mit an Sicherheit grenzender Wahrscheinlichkeit 700 Gramm Rinderhack Gewicht hatte, die nötigen Beilagen dazu und eine Flasche Wein.

Nach einem gesättigten Rülpser, der mehr als ein Donnerhallen war, und dem letzten Hieb Wein, kam es lakonisch von ihm: „Nachtisch, Johannes?" Dabei kratzte er sich ungeniert im Schritt und orderte noch eine Flasche Wein.

Mir fiel immer mehr auf, dass dieser Mann kein Benehmen hatte, und so sank der Respekt mit der Sättigung meines Körpers. Bevor ich mir weitere Gedanken machen konnte, überfiel mich der Alte mit einer Frage: „Warum sagst du mir nicht ins Gesicht, dass ich ein schlechtes Benehmen an den Tag lege?"

Überrascht von der Frage antwortete ich schon fast automatisch: „Wenn man vor Fremden die Wahrheit sagt, ist es nicht immer gerne gesehen. Du selbst sagst ja, dass ich schwierig bin. Also war es aus reiner Höflichkeit."

„Ich bin beeindruckt, der geborene Diplomat."

„Ich würde nicht so schnell urteilen, Väterchen."

„Warum?"

„Ich habe mir das Abendmahl ganz anders vorgestellt."

„Mit einem fetten Hamburger? Das passt ja gar nicht. Außerdem teile ich nicht gerne."

Damit war für ihn das Thema Abendmahl abgehandelt. Ich dachte nur bei mir: „Verdammt menschlich."

„Was ist jetzt mit einem Nachtisch, Johannes?"

„Nein Danke, meine Linie."

„Ein guter Bock wird selten fett", erwiderte der Alte gutgelaunt.

Langsam wurde mir klar, dass mehr hinter dem Mann steckte, der sich Gottvater nannte, als ich angenommen hatte. So sah ich im Angriff als beste Verteidigung.

„Was willst du eigentlich von mir?"

Amüsiert schaute er mich an und bemerkte: „Angriff als Verteidigung. Sehr gut, Johannes, wir haben die erste Hürde genommen, du fängst an, mich wahrzunehmen. Kommen wir also zu deiner Frage. Ich möchte, dass du die noch in der Zukunft vorkommende Geschichte, um die zweite Auferstehung meines Sohnes, aufschreibst."

Erwartungsvoll schaute er mich an und wartete auf meine Reaktion.

Ich schaute ihn nur ungläubig an und fing dann an zu lachen.

Seine Stirn legte sich in steile Falten, als ich nicht aufhören konnte zu lachen.

„Was ist daran so lächerlich?"

„Gibt es da nicht bessere Märchenerzähler als mich?" Sein Gesicht legte sich in Falten, als er anfing zu grinsen und eine Reihe blendend weißer Zähne zutage brachte. Dann fuchtelte er mir lachend mit dem Zeigefinger der linken Hand, man bedenke, Gottvater war Linkshänder, vor meinen Augen herum und antwortete in dem gleichen Ton, so wie ich ihn angesprochen hatte: „Nein, nein, nein, mein Freund, die anderen Märchenerzähler sind so introvertiert. Du dagegen hast Humor und lässt dich nicht so schnell einschüchtern."

Unbewusst schenkte ich mir noch ein weiteres Glas Wein ein, ich hatte, es war wie eine Erleuchtung, begriffen, der Alte meinte es tatsächlich ernst.

Der Alte hatte es geschafft. Mittlerweile war ich schon vier Wochen in dem Kloster und damit vier Wochen mit dem

Alten unterwegs. War es das, was meine Frau Maria wollte, Exerzitien, um Gott zu treffen? Die katholische Kirche brachte den Menschen die Exerzitien ganz anders bei. Diese Art der geistlichen Übung, wie sie Gottvater mir nun beibrachte, war anstrengend, aber doch sehr lehrreich. Denn er befreite mich sozusagen von den intellektuellen Fesseln, die mir angelegt wurden oder die ich mir selbst beigebracht hatte und überzeugte mich, dass es einen Gottvater gab.

Es gäbe über viele Diskussionen und kleine Anekdoten zu berichten, aber das würde Ihren Intellekt überfordern und im vorliegenden Buch nur langweilig wirken. Entschuldigen Sie meine Arroganz, aber wenn man mit Gottvater umgeht, dann kommt so etwas automatisch. So kann ich euch nur darauf hinweisen, dass alles anders kam, als Gottväterchen es geplant hatte. Er hasste die Ansprache Gottväterchen.

So schlug Murphys Gesetz alle in ihren Bann, und es ging alles schief, was auch schief gehen konnte.

Bei den nachfolgenden Gesprächen leerten wir noch einige Flaschen Wein, bis der Alte auf einmal anfing, wir waren schon lange nicht mehr alleine, das Abendmahl zu kreieren. Ich wartete den Ausgang des Abendmahls nicht mehr ab und verschwand still und heimlich.

So begann der neue Tag eigentlich ganz normal im Kloster. Ich hatte, wie so oft in der letzten Zeit, nach solchen Besäufnissen, morgens immer einen klaren Kopf, was das Aufwachen sehr angenehm erscheinen ließ. Ich hatte ich es mir immer noch nicht angewöhnt, bei der Frühmesse dabei zu sein, sondern schlief lange, da die Nächte doch sehr anstrengend waren, als es an der Tür klopfte und Väterchen die Klause betrat. Wie konnte es anders sein, er sah aus wie ein frisch gepelltes Ei. Dieses Ei schaute mich auffordernd an und sagte dann: „Komm hoch, Johannes, ein wunderbarer Tag wartet auf uns."

Ich sprang aus dem Bett, eilte in das kleine Bad, was zu jeder Klause gehörte. Dann setzte ich mich auf die Toilette und furzte erst einmal befreiend.

Aus dem anderen Raum kam es locker: „Na, waren zu viele Zwiebeln in dem Geschnetzelten?"

Nachdem ich mich geduscht und rasiert hatte, fühlte ich mich wie ein neuer Mensch und trat gut gelaunt zurück in den Schlaf- und Lebensraum der Klause.

Mein neuer Freund schaute mich mit schief gestelltem Kopf abwartend an, dann fragte er: „Du erinnerst dich, was wir gestern noch vereinbart hatten?"

Widerwillig antwortete ich ihm. Er hatte sich schon daran gewöhnt, dass meine Antworten immer eine gewisse Aufmüpfigkeit beinhalteten.

„Bist du dir sicher, dass Verträge, die in einem angetrunkenen Zustand zustande kamen, überhaupt rechtens sind?"

Überrascht schaute er mich an und lachte. Dann antwortete er mir im Brustton der Überzeugung: „Du weißt doch, wer der oberste Richter ist?"

Mittlerweile hatte ich den Alten ja einschätzen gelernt und antwortete lakonisch und kein bisschen eingeschüchtert: „Das schon. Aber bist du dir sicher, dass es keinen über dir gibt?"

In dem Moment, als der Satz meinen Mund verließ, merkte ich, dass der Haken saß.

„Johannes, du bist ein Pharisäer."

„Warum?"

„Du konfrontierst mich mit der Dreifaltigkeit."

„Hättest du in meinem Gehirn etwas herumspioniert, hättest du die Frage kommen sehen. Ich würde sagen, ein elementarer Fehler in deiner Argumentationskette. Was ist also mit dem Heiligen Geist?"

Die abfällige Handbewegung, die der Alte machte, sollte nicht ungestraft bleiben. Es gab also doch noch einen, der dem Alten doch wenigstens gleichgestellt war. Und die Antwort auf die abfällige Handbewegung war die, die den Stein ins Rollen brachte. Es erschien jemand, mit dem ich gar nicht gerechnet hatte, noch viel weniger der Alte.

Wenn ich sage erschien, dann meinte ich es etwa so: materialisiert, herangebeamt, das Tuch weggezogen und herangezaubert. Aber es geschah in keiner Weise spektakulär. Er war einfach da. Elegant gekleidet im dunklen Zweireiher, die Nase war spektakulär, leicht rötlich gebräunte Haut, mit rot lackierten Fingernägeln und einem orthopädischen Schuh an einem Fuß, hatte er eine Ausstrahlung, der ich mich nicht entziehen konnte.

So fragte er meinen neuen Freund mit einer tiefen, etwas süffisanten Bassstimme: „Na, Bruder, was machst du wieder in diesem elendigen und langweiligen Kloster, wieder einmal Exerzitien?"

„Was willst du denn hier? Woher weißt du, dass ich ab und zu hier bin?"

„Zu viele Fragen auf einmal, stell mich doch erst einmal vor."

Widerwillig hob der Alte die Hand in meine Richtung und dann in die Richtung des Bruders.

„Das ist Johannes der Schriftsteller, und das da ist das schwarze Schaf in unserer Familie. Sein Name ist Luzifer."

Keineswegs nervös schaute ich den Bruder des Alten an und fragte, mehr rhetorisch: „Der Luzifer?"

Sich in Positur werfend, antwortete der gutaussehende Mann: „Genau, der Luzifer. Wie kommt es, dass er keine Angst vor mir hat?"

„Er braucht nicht in der dritten Person mit mir zu reden, er kann mich auch direkt ansprechen."

Etwas konsterniert schaute er mich an, wandte sich dann an seinen Bruder und fragte: „Ist er immer so?"

„Manchmal sogar noch schlimmer. Du glaubst gar nicht, was ich ertragen muss."

„Pharisäer", stieß ich nur hervor, und dann waren Luzi und ich uns einig, als wir zusammen antworteten: „Und er erschuf die Menschen nach seinem Ebenbild."

Trotzdem schaute mich Luzi streng an, und ich antwortete jetzt auf seine gestellte Frage: „Luzi, pass mal auf. Wir befinden uns nicht mehr im Mittelalter, wo ihr die Könige wart. Also, warum sollte ich Angst haben? Ihr habt eure Position nicht einmal verteidigt, es gibt auf der Erde viel Schlimmere als euch."

„Wir haben Konkurrenz bekommen?"

„Worauf du einen lassen kannst."

„Und wer ist diese Konkurrenz?"

„Banken, Versicherungen, Börsenhaie, Kirchenfürsten, Politiker, Steuereintreiber, Google, Facebook, Instagram und es sind noch viele mehr. Also nehmt es gelassen, Jungs, da ist noch einer über euch, und der dreht ein ganz großes Rad."

An seinen Bruder gewandt, fragte er ihn: „Wo hast du denn den Knaben aufgegabelt? Der passt noch gut in mein Studio. Was willst du eigentlich von ihm?"

Beleidigt blickte der Alte zur Seite und antwortete: „Zu viele Fragen, Luzi."

„Touché. Jetzt mal im Ernst, Väterchen. Woher kennt er meinen Spitznamen."

„Intuition", antwortete ich an Stelle des Alten.

„Dir hat keiner erlaubt zu sprechen, Mensch."

Wieder war mein Maul schneller als mein Gehirn.

„Alter Mann, ich glaube aus unserem Vertrag wird nichts."

„Vertrag?" fragte Luzi neugierig: „Erzähl mir mehr davon, Mensch."

„Mensch hat Namen, Teufel."

„Na, na, na, mal nicht so aggressiv. Also, wie heißt du?"

„Siehst du, es geht doch. Johannes."

„Irgendwelche Assoziationen zu Johannes dem Täufer?"

„Ich habe das nicht so mit dem Glauben."

„Du solltest wissen, dass sein Sohn große Stücke auf den Täufer hält."

Der Alte schüttelte vorwurfsvoll den Kopf und verdrehte die Augen.

Luzi spürte Oberwasser und meinte nur lässig: „Gottväterchen, Bruder, immer noch den Hang zur Nostalgie? Aber kommen wir zur Sache. Was ist mit dem Vertrag?"

Jetzt schaute er mich und seinen Bruder abwechselnd abwartend an. Ich zeigte mit der Hand auf Gottvater und sagte lakonisch dazu: „Fragen Sie ihn."

Eine Hand in der Tasche, vornübergebeugt stehend, seinen Bruder abwartend ansehend, verlor Luci allmählich die Geduld.

Alles andere, was dann passierte, das zu erklären, wäre vergebene Liebesmühe.

Es kam so, wie es nun kommen musste, der Vertrag von Sancta Andek wurde geschlossen. Aber nicht wie Gottvater es vorhatte, zwischen uns beiden, der dritte im Bund war sein Bruder Luci.

Es fing mit Notizen beider an, natürlich nur in Einzelgesprächen, das hatte ich mir ausbedungen und so erfuhr ich mehr von den himmlischen Heerscharen, wie es der Kirche guttat.

Gottvater hatte sich vorbehalten, dass die Geschichte mit einer elementaren Frage anfing.

Wo leben die gläubigsten Menschen auf der Welt?

Die Antwort war relativ schnell gefunden, und ich interpretiere dabei Hiob 9,5, Matthäus 17,20 und Markus 11,23.

Glaube versetzt Berge, sprach der Herr.

Schauen Sie Schleswig-Holstein an, liebe Leser. Sehen Sie Berge?

Ein Mythos entsteht

Im Himmel ist der Teufel los

Gottvater im Himmel langweilte sich fast zu Tode. Na ja, ist nur so eine Metapher. Das Beobachten der Erde machte ihn entsetzlich müde und depressiv. Nur wenn seine Augen auf das kleine Schleswig-Holstein fielen, leuchten sie auf und seine Gedanken gingen zurück auf die erste Reise seines Sohnes zur Erde.

In dem Moment des Sinnierens, kommt Maria Magdalena, mit einem strahlenden Lächeln, in den Beobachtungsraum, streicht dem alten Mann über das graue Haupt, setzt sich auf seinen Schoß und flötet: Kann ich dir was Gutes tun, Väterchen?".

„Maria, ich glaube mir steigt etwas."

„Was soll dir denn steigen, Väterchen, du bist doch schon viel zu alt?"

Mit diesen Worten setzte sich Maria Magdalena in ihre volle Pracht auf seinen Schoß und Väterchen stieß den Seufzer des Entzückens aus, dem sich Maria Magdalena anschloss, obwohl sie gar nichts spürte.

„Oh."

„Was ist Väterchen?"

„Ein Gedanke in meinem Kopf."

„Ach."

„Ja."

„Wieso?"

„Weil ich mich so langweile."

„Ja, und?"

„Was heißt hier, ja und?"

„Du langweilst dich in den letzten 7000 Jahren besonders. Zwischendurch hattest du mal den Gedanken, dass sich dein Sohn beweisen sollte."

„Ja, und?"

„Was heißt: Ja, und? Er hat sich an dem Kreuz verhoben, hat auch noch Löcher in Händen und Füssen und ist wetterfühlig geworden. Da fragst du: Ja, und?"

„Ja und? Du hättest mich mal in meiner Jugend kennenlernen sollen. Was ich alles habe durchmachen müssen."

„Papperlapapp."

Dabei rutschte Maria Magdalena wollüstig auf dem Schoß von Gottvater herum und konnte sich jetzt einen Ton des Entzückens nicht verkneifen.

„OOH."

„Was ist, Maria, hast du Schmerzen?"

„Mitnichten, Vater. Aber ich langweile mich genauso wie du und erst dein Sohn. Er wird von den zwölf Aposteln nur gemobbt. Besonders Petrus und Matthäus reiben sich an ihm."

„Ja, ja, der Petrus. Er war schon immer sehr ehrgeizig, und Matthäus, der Emporkömmling, der versucht einen auf dicke Hose zu machen. Anstatt sein Evangelium richtig zu schreiben, hätte er lieber Zöllner bleiben sollen."

Maria, die immer nervöser wurde, hob den Rock, so dass man das Knie sehen konnte. Dann zwitscherte sie leise in das behaarte Ohr Gottvaters: „Was wäre, wenn du deinem Sohn wieder einmal eine Aufgabe geben würdest? Er braucht mal etwas Urlaub von uns."

„An was hast du gedacht, meine Liebe? Teneriffa? Ballermann? Bali?"

„Nein, ich glaube, er dachte mehr an einen sportlichen Urlaub."

„Der wäre?"

In dem Moment klopfte es.

„Herein."

Maria Magdalena rutschte von dem Schoß des Erschaffers, in dessen Hose sich langsam ein Beule abzeichnete, und herein kam Luzifer. Gottvater schaute sich noch nicht einmal um und versuchte neugierig durch die Tür zu sehen.

„Hallo, Luzi. Was ist da draußen für ein Radau?"

„Och, Väterchen, das sind Elvis und Jacko. Die warten auf die Ankunft eines alten Freundes. Ich habe ihnen gesagt, dass er bestimmt bald eintreffen wird."

„Großer Irrtum, Luzi, durch seine Vergangenheit wurden er auserwählt, noch etwas im Fegefeuer zu schmoren. Die können noch eine Weile warten. Mach die Tür zu, es zieht." Luzi schloss die Tür, und sofort machte sich himmlische Ruhe breit.

„Was macht das Kraftwerk?"

„Läuft, Väterchen. Die Jungs und Mädels arbeiten mit großer Andacht und Hingabe."

„Halt deinen Schwanz ruhig, Luzi, Marias Arsch ist nichts für dich."

Luzi bemerkte gereizt: „Wie hast du das wieder gesehen, Väterchen?"

„Ich bin Gottvater, hast du das schon wieder vergessen?"

„Ja, ist ja gut. Sag mal, was hast du mit Marias Arsch gemacht?"

„Was soll ich denn mit Marias Arsch gemacht haben?"

„Schau dir doch mal ihren Arsch an."

Luzi schaute nur konsterniert.

„Ich weiß, wie ihr Arsch aussieht."

„Na und?"

„Was heißt, na und?"

„Jetzt mal Butter bei die Fische, Väterchen. Was hast du mit ihrem Arsch gemacht?"

Maria Magdalena, die die ganze Zeit in der Nähe stand und große Ohren bekam, weil sie nichts verstand, fragte leicht aggressiv: „Was flüstert ihr beiden?"

Gottvater drehte sich nur kurz um und äußerte einen Wunsch: „Maria, kannst du bitte für meinen Freund und

Verwandten Luzi und für mich einen dieser uralten Cognac holen?"

Maria, die natürlich merkte, dass über sie gesprochen wurde, warf den Kopf keck in den Nacken und sagte: „Natürlich, die Herren haben Geheimnisse vor mir. Die Frau muss dann immer etwas zu trinken holen, damit sie über einen herziehen können."

Und schon schwebte sie mit leicht beleidigtem Gesicht davon. Gottvater nickte Luzi verschwörerisch zu, gab ihm mit dem Zeigefinger ein Zeichen, dass Luzi näherkommen sollte und flüsterte in eins seiner spitzen Ohren: „Habe ich doch bei dem Musical Award auf der Erde Jennifer Lopez. gesehen. Sie hatte einen Arsch, in den ich mich sofort verliebte. Den wollte ich dann auch haben. Na ja, es kam, wie es kommen musste, Maria lief mir über den Weg, dann habe ich mit dem Fingern geschnippt."

Luzi, der sich alles anhörte, meinte nur trocken: „Man gut, dass ich dir nicht über den Weg gelaufen bin, wie hätte das geendet?"

Gottvater schaute Luzi ernst an, dann verschob sich sein Mund zu einem Grinsen: „Wäre mal eine Versuchung wert."

Dabei konnte er ein Lachen nicht unterdrücken. Die Tür ging auf, und Maria kam mit einem Tablett und drei Gläsern, gefüllt mit einer braunen Flüssigkeit, herein. Luzi hatte nichts Besseres im Sinn als zu sagen: „Doa schauens, die Resi."

Maria stockte nur, und mit ihren eisigen Blicken hätte man Heiligenbilder an die Wand tackern können.

„Meine Herren", bemerkte sie nur kalt.

Dann stellte sie die Gläser auf einen Beistelltisch, nahm ihr Glas an den Mund, leerte es mit einem Zug und warf es auf die Erde. Gottvater, der die Szene lächelnd verfolgte, sagte dann: „Na, Luzi, was war das?"

„Weiß nicht."

„Hallesche Komet."

Wieder lagen sich beide in den Armen und lachten. Maria verließ wütend das Zimmer. Nicht ohne noch ein lockeres „Wir sprechen uns noch" in den Raum zu werfen. Nachdem sich beide beruhigt hatten, stieß Gottvater Luzi an.

„Was ist los im Kraftwerk? Du hast doch Probleme."

„Na ja, mir sind zwei abgehauen."

„Wie konnte das denn passieren? Hast du Bilder von der Flucht?"

„Veraltetes Überwachungssystem. Nein, ich habe keine Bilder."

„Du hast also keine Cloud?"

„Bei dem Budget kann ich mir das nicht leisten."

„Hast du es schon geändert?"

„Oh ja", antwortete Luzi stolz.

„Wie hast du es gelöst?"

„Per QR-Code."

„Also bringst du jeden zum Tätowierer."

„Viel zu kostenintensiv. Wir haben doch den großen Ofen, da arbeiten in einer Schicht Adolf, Mao und Stalin. Adolf macht doch da den Vorarbeiter, weil er sich mit Öfen doch so gut auskennt und er ist immer so herzig. Da haben wir ihm den Bart abrasiert, Strichcode eingearbeitet und mit einer Tintenpatrone vernetzt. Jetzt darf er jeden Neuankömmling begrüßen. Du weißt schon, wie die High Society auf der Erde, Bussi, Bussi."

„Das will ich auch haben."

„Aber den Adolf, den bekommst du nicht."

„Den brauch ich auch nicht. Ich warte auf den Ratzinger. Hast du nicht die Benetton Werbung gesehen."

Die Tür ging leise auf, und Maria Magdalena schwebte wieder herein. „Gottväterchen, die 12 Apostel und dein alles geliebter Herrgott Sohn demonstrieren auf Wolke 7.

Sie machen den ganzen Himmel wirr. Das geht so nicht weiter."

„Was für ein Grund haben die denn?"

„Sie langweilen sich."

„Langweilen, die haben doch genug Aufgaben."

„Du weißt doch, wie junge Leute sind."

„Luzi, geh zurück zu deinen Öfen. Ich muss arbeiten. Die Bande werde ich in Arbeit bringen."

„Bye, Väterchen. Komm mal auf einen Besuch herunter. Du weißt, bei uns gibt es immer etwas Heißes"

„Ok, also bis nächste Woche. Bring was Ordentliches auf den Tisch. Ich zieh dann das kleine Schwarze an, dann falle ich nicht so auf."

Die Tür schloss sich, und Luzi ging, nicht ohne Maria noch einen kurzen Handkuss zuzuwerfen. Die antwortete mit einem dieser, man kann schon fast sagen, göttlichen und auch atemberaubenden Augenaufschläge.

„Was soll ich machen, Maria?"

„Mach es so wie auf der Erde. Befördere sie und dann schick sie in Urlaub."

„Sehr gut. Dann befördere ich sie zu Lehrern. Dann dürfen sie auch nicht demonstrieren. Wohin soll ich sie in Urlaub schicken?"

„Lehrer ist nicht so gut, da haben sie genug Zeit zum Nachdenken. Nach Norwegen, da kann der Petrus den anderen das Fischen beibringen und sie können ihren Weg finden."

Die wilden Dreizehn und Jesus

Für die, die es noch nicht gemerkt haben: Maria Magdalena spinnt ihr eigenes feines Netz, Gottvater tut so, als würde er nichts merken, ja und Luzi, dieser schlimme Finger …, aber das ist wieder eine ganz andere Geschichte.
Wir endeten damit, dass Maria Magdalena, Gottvater über die Geschehnisse im Himmel informierte. Die 12 Jünger und Jesus demonstrieren im Himmel, wegen Langeweile (wie die spät Achtundsechziger auf der Erde). Man hörte Sprüche, wie: der Muff der weißen Kutten, oder: die Macht den Jungen, geht auf die Wolken.

Es zeigt uns, dass sich alles im Leben wiederholt. Aber großen Veränderungen geht immer so ein Bullshit voraus, das hat die Geschichte schon so oft bewiesen.

Gottvater lässt sich von Maria Magdalena überreden, seinen Sohn und die 12 Apostel auf die Erde zu beamen, schicken, transferieren, oder was für Reisemethoden sie auch immer bevorzugen, wo sie sich dann wieder einmal beweisen sollen. Das hatten wir alles schon einmal vor 2000 Jahren. Und was kam? 2000 Jahre religiöse Dunkelheit. So stand Gottvater der Sinn nach einer zweiten Auferstehung. Die Jungen hörten Sprüche wie: macht ihr erst einmal das, was ich in der Jugend gemacht habe. Verdient erst einmal eure Rente, bevor ihr das Maul aufmacht. Lernt arbeiten. So schickte der Alte die Jungen auf die Erde. Die Gefahr der Kreuzigung war ja gebannt. Sie sollten nämlich in die Neuzeit, nach Norwegen reisen, einem Land, in dem Petrus den Jüngern das Fischen beibringen sollte. Aber es kam anders als alle dachten
Aber bevor die Reise in die Abgründe des Glaubens weitergeht, müssen Sie einige Informationen haben, die durchaus wichtig für Ihr Verständnis sind.

In nicht allzu ferner Zukunft, an der Orkla. Die Orkla ist ein Fluss in Norwegen, in dem man zwischen dem 01.06 und 30.08 des Jahres große Lachse fischen kann. Dort treffen sich viele Fliegenfischer aus aller Welt, um diesem königlichen Fisch nachzustellen.

Der Fluss ist in Pools eingeteilt, und diese Pools sind unterschiedlich lang. Jetzt kommt die besondere Frage. Was ist Besonderes daran? Ja, Sie sollten wissen, dass ein Angler 160 Stunden stehen muss, um einen Fisch an den Haken zu bekommen und wenn Sie dann noch wüssten, dass eine Ausrüstung bis zu 5000 € kosten kann, dann kann ich es verstehen, wenn Ihr rechter Finger an die Stirn geht. Aber da beißt keine Maus den Faden ab, es ist tatsächlich so.

So landet Jesus mit seinen 12 oder sind es 13 Apostel? zur Mittsommerzeit in Norwegen. Da fangen wir mit dem Mäusefaden wieder an. Ich beginne mit dem letzten Satz der alten Geschichte, als Maria sagt: „Nach Norwegen, da kann Petrus den anderen das Fischen beibringen."

Gottvater schnippt mit dem Finger.

„So sei es."

Es war ein früher Abend. Die Helligkeit in Norwegen, zum 21.06., der Sommersonnenwende, hatte etwas zauberhaftes. Es sollte auch wie ein Zauber sein, als plötzlich um 19.33 MEZ 14 Männer in einem Pool in Norwegens Volksfluss erschienen. Erschienen ist vielleicht die falsche Wortwahl, ein viel zu banales Wort für etwas Göttliches. Eintauchten! Nein... vielleicht hineinfielen! Nein... Ist ja auch egal. Auf jeden Fall schauten die 5 Fliegenfischer erstaunt, als sie auf einmal 14 Männer im Wasser stehen sahen und dazu das übernatürliche Licht, das ohne einen Ton zu verursachen, wieder verschwand. Keine Welle bewegte sich in dem reißenden Wildfluss, in dem die Männer auf Leben und Tod mit dem Fisch ihres Lebens rangen. Na ja, das ist dann doch vielleicht ein wenig übertrieben.

So sind wir wieder im Himmel.

„Na wie habe ich das gemacht, Maria? Ich habe etwas an meinen Effekten gearbeitet."

„Toll, richtig toll. Aber mit dem Zählen da hast du es nicht so."

„Wieso?"

„Na ja, Väterchen, es sind 14 und nicht 13."

„Ja, das war so gewollt. Der letzte ist Judas Iskariot. Ich dachte, die jungen Leute bräuchten doch etwas Geld. Mal sehen, wie weit sie mit den 30 Silberlingen kommen?"

„Judas Iskariot? Das war doch einer der Ausbrecher bei Luzi?"

„Korrekt, Töchterchen. Hilf den Armen, dann kommen sie heim ins Himmelreich, oder so ähnlich."

„Dann hast du ihm geholfen, zu entkommen?"

„Na ja, ich habe meine Beziehungen spielen lassen."

„Ich fass es nicht. Und Luzi lässt du in dem Glauben, er hätte eine undichte Stelle in seinem System."

„Nein, nein. So etwas nennt man Motivationsschub", Väterchen legte Daumen und Zeigefinger ans Kinn, tat so als überlegte er und sagte dann im Brustton der Überzeugung: „Investition in die Zukunft."

„Aha Motivationsschub, Investition. Es ist nur eine deiner dämlichen Ausreden, um deinen Willen zu bekommen."

„Außerdem wird Judas ein exzellenter Banker. Es gibt keinen, den er nicht über das Ohr haut."

Wir müssen jetzt etwas springen und sind wieder auf der Erde.

„Schmeiß die Idioten aus dem Wasser, sie verjagen uns die Fische."

Es war ein Bild für die Götter, wie an einer Perlenschnur aufgereiht, standen sie da, zuerst Jesus, dann Petrus,

Andreas, Jakobus, Johannes, Philippus, Bartholomäus, Thomas, Matthäus, Judas, Simon Zelotes, Ronaldo and last but not least unser aller bester Freund Judas Iskariot, den aber keiner sah.

Simon Zelotes stand schon bis zum Hals im Wasser, aber von Judas Iskariot sah man nur die rechte Hand aus dem Wasser ragen, in den Fingern hielt er den berühmten Beutel mit den 30 Silberlingen.

Judas Iskariot, schon durch seine Größe minderbemittelt, fiel auch durch seine extreme Skoliose auf, die ihn noch kleiner erscheinen ließ. Die anderen 12 Apostel, stattliche Männer mit wallenden Bärten, waren knorrig wie der Stamm eines alten Olivenbaumes. So kam es, dass, wenn Judas vor ihnen stand, er den Kopf immer leicht nach oben drehen musste, um die anderen sehen zu können.

Ihr könnt euch vorstellen, wie das an seinem Selbstbewusstsein nagte.

Jesus drehte sich zu dem Sprecher um und sprach ihn auf aramäisch an: „Gott zum Gruße. Können Sie mir sagen, wo ich hier bin?"

„Mach, dass ihr aus dem Wasser kommt, ich habe hier für den Pool bezahlt."

„Was schimpft er, wir sind doch alle Kinder Gottes."

Ein kleinerer Angler, der direkt vor dem Schreihals stand, mischte sich in das Gespräch ein.

„Herr Jott, Jungchen, du sprichst ja aramäisch."

„Du verstehst mich, Bruder?"

„Nicht alles, Jungchen. Aber kommt erst einmal aus dem Wasser. Wie kommt ihr eigentlich hierher? Und woher kommt ihr?"

Jesus, der jetzt seine ganze Aufmerksamkeit dem kleinen Angler widmete, kam aus dem Wasser und winkte seinen Jüngern zu, ihm zu folgen.

„Wie bist du gewandet, Bruder?"

„Sag Isaak zu mir. Ich bin Jude und komme jedes Jahr nach Norwegen zum Angeln, und das ist eine Wathose. Sag, wo kommt ihr her?"

Jesus drAckste herum.

„Welches Jahr haben wir?"

„2020 nach Christus. Aber wieso willst du das wissen? Das wissen doch alle."

„Wieso, kennen wir uns?"

„Wir kennen uns nicht, denn das wüsste ich. Ich habe dich noch nie gesehen."

„Wenn ich dir das sage, würdest du uns das nicht glauben."

„Versuch es einfach."

„Gut, aber du lachst nicht. Ich bin Jesus, und das sind meine 12 Jünger. Wenn ich jetzt sage, ich komme aus dem Himmel, glaubst du mir sowieso nicht."

„Und woher kommt ihr dann?"

Isaak konnte schon kaum noch vor Lachen, da unterbrach ihn der Laute.

„Hey, ihr. Isaak, holt den Letzten aus dem Wasser, sonst ersäuft der noch."

Isaaks Kopf ruckte herum, und die dreizehn taten es ihm gleich.

„Wer ist der Idiot denn? Ich denke, du bist Jesus mit den 12 Aposteln. Mittlerweile seid ihr schon 14."

Jesus gab Simon und Petrus einen Wink.

„Holt ihn heraus. Ich ahne Fürchterliches."

Simon und Petrus waren an so kaltes Wasser nicht gewöhnt.

„Muss das sein?"

„Holt ihn da heraus."

Mit leisem Murren stiefelten die beiden ins Wasser und zogen Judas Iskariot hoch, so dass er atmen konnte.

„Teufel noch eins, habe ich nicht lange genug im Kraftwerk gebüßt? Müsst ihr mich denn auch noch ersäufen?"

„Judas, hier wird nicht geflucht."

„Du kannst mich mal, hier auf der Erde hast du keine Macht mehr. Du wirst mit deinen Mitwissern im Himmel als Terrorist geführt, nachdem, was ihr da angestellt habt. Hättest du nicht einen so guten Leumund, wärst du schon lange im Kraftwerk."

„Stopp, stopp, stopp", stöhnte Isaak.

„Ihr habt euch eine schöne Geschichte ausgedacht."
Petrus stieß Jesus an.

„Wenn das stimmt, dann sind wir ganz normale Menschen und dein Vater will uns wieder Mal auf die Probe stellen."
Petrus, schon immer mit einem scharfen Verstand gesegnet, hatte die Situation klar erkannt.

Isaak, an Jesus gewandt, meinte: „Du hast meine Frage nicht beantwortet. Woher kommt ihr?"

Jesus, leicht genervt: „Aus Judäa."

Im Kraftwerk

„Bingo, habe ich dich, du verzogener Bengel. Warte, Gottvater, das mit Judas zahle ich dir heim."

Eine leise Stimme platzierte sich in Luzis Gehirn.

„Was willst du mir heimzahlen, Luzi? Notlügen sind erlaubt. Soll er Isaak die Wahrheit sagen, wenn der ihm sowieso nicht glaubt. Komm lieber hoch und lass uns das Schauspiel genießen. Ich garantiere dir, es wird sicherlich die allerbeste Soap seit Menschengedenken."

„Wir haben doch abgemacht, spionieren ist nicht."

„Wir haben auch abgemacht, dass du mit deinen heißen Fingern Maria in Ruhe lässt. So, jetzt komm hoch, ich habe Chips und ein nettes Getränk."

Auf der Erde

„Also bleibt ihr bei eurer Geschichte?"

„Ja."

„Na gut, darüber sprechen wir noch."

Man merkte, dass Isaak gewohnt war zu kommandieren. Dann wandte er sich an Judas: „Wenn es das ist, was ich denke, was du da im Beutel hast, dann habt ihr Startkapital. Judas, lass mal sehen."

Judas, der merkte, dass Isaak seinen Lederbeutel sehen wollte, drehte sich weg und versteckte den Beutel unter seinem nassen Gewand.

„Nichts bekommt ihr davon. 2000 Jahre habe ich darauf aufgepasst."

„Ja, du hast darauf aufgepasst. Hast du es denn auch vermehrt, du Idiot? Lass schon sehen."

Judas gab Isaak widerwillig den Beutel.

„Aber ich bekomme ihn gleich wieder zurück."

„Ja, ja, fang mal nicht an zu weinen."

47

Isaak nahm den Beutel, öffnete ihn und schüttete den Inhalt auf seine Hand. Dann nahm er eine Münze, hielt sie vor die Augen und prüfte sie.

„Sehr schön, Prägeglanz."

Dann drehte er die Münze um und erblasste augenblicklich.

„Das gibt es nicht. Das ist eine Fälschung."

„Was ist eine Fälschung?" mischte sich Jesus in Isaaks Selbstgespräch.

„Der Kopf auf der einen Seite, das bist du."

„Na und."

„Hör mal zu, mein Junge, ich bin Numismatiker. Ich weiß, wovon ich spreche. Erklär es mir."

„Pontius Pilatus hat von allen besonderen Persönlichkeiten, bevor er sie ans Kreuz genagelt hat, eine Sonderprägung herausgebracht. In meinem Fall waren es die 30 Silberlinge."

„Wieso weiß die Geschichte nichts davon?"

Petrus mischte sich in das Gespräch ein.

„Kannst du dir vorstellen, dass Judas der Verräter nur einen Silberling aus der Hand gegeben hat?"

„Verräter? Du Emporkömmling. Du weißt ja gar nicht, wovon du sprichst. Vertreter Gottes auf Erden; dass ich nicht lache."

Dabei trat Judas Iskariot ganz dicht an Petrus heran und schaute ihn von unten sauer an.

„Ich hatte den Auftrag, ein Geschäftsmodell zu entwickeln, was Gottvater die nächsten Jahrtausende die Langeweile vertreiben sollte."

Als er die letzten Buchstaben ausgesprochen hatte, schlug er sich mit der Hand auf den Mund und sah erschreckt in den Himmel.

„Scheiße, das wollte ich nicht."

In dem Moment erstarrte alles, die Zeit blieb stehen und Isaak war der Einzige, der sich noch bewegen konnte.

Zuerst begriff er gar nicht, was da ablief, dann hörte er die tiefe sonore Stimme in seinem Kopf.

„Isaak, ich bin es, Gottvater."

„Geiler Trick, Jungs, ich weiß schon, was ich mit euch mache. Ich lass euch im Varieté auftreten."

„Isaak, ich bin es, dein Gott."

Die Stimme war schon etwas hilfloser und drängender

„Wenn du mein Gott bist, dann lass es mal richtig krachen."

„Ungläubiger. Aber du wolltest es nicht anders."

Und Gottvater ließ es krachen. Der Blitz schlug so nah bei Isaak ein, dass er einen Sprung zur Seite machte.

„Ich habe es verstanden", schrie er.

Sofort meldete sich Gottvater wieder.

„Das war das i, und jetzt kommt der Punkt auf dem i. Das wird mein erster Versuch aus 4000 Meter Höhe."

Gottvater hatte noch nicht ausgesprochen, da merkte Isaak, dass es ihm warm am Kopf heruntertropfte und er nahm eine etwas sarkastische Stimme in seinem Kopf wahr, die sagte: „Beschissene Situation, Isaak."

„Herr, was habe ich angestellt, dass du mich so strafst? Und muss es gleich die Scheiße von einem großen Vogel sein?"

„Nichts, Isaak, rein gar nichts. Du sollst mir zuhören und bei einer Sache helfen. Oder besser gesagt, ich befehle es dir."

Sofort kam der jüdische Geschäftsmann in Isaak durch.

„Und was springt für mich dabei heraus?"

„Isaak."

Die mahnende Stimme Gottvaters erhöhte sich um einige Oktaven.

„Ich habe es verstanden, Gottvater, ich mache es umsonst."

„Du lernst schnell, mein Sohn. Pass auf."

Gottvater senkte die Stimme und das um ein Vielfaches. In einem verschwörerischen Ton flüsterte er Isaak ins Ohr: „Meine Jungs bleiben eine ganze Zeit auf der Erde, du sorgst dafür, dass alle eine Ausbildung bekommen und arbeiten gehen. Am besten in den Berufen, die sie schon kennen. Wie du es anstellst, das ist mir egal. Aber halte sie mir vom Himmel fern. Nimm sie unter deine Fittiche."

Jetzt wurde die Stimme schon drohender, aber Isaak ließ sich nicht einschüchtern.

„Haben wir uns verstanden? Die Zeit wird gleich weiterlaufen und dort wieder beginnen, wo Judas Emporkömmling gesagt hat."

Isaak schaute zweifelnd zum Himmel.

Und so begann die Zeit wieder anzulaufen.

„Du weißt ja gar nicht, wovon du sprichst. Vertreter Gottes auf Erden. Dass ich nicht lache."

„Stopp!" mischte sich Isaak ein.

„Ich mach euch einen Vorschlag. Ich nehme nicht an, dass der euch da oben weggeschickt hat, um die ganze Bande sofort wieder aufzunehmen."

In dem Moment meldete sich die Stimme Gottes wieder.

„Das, 'Der da oben' ist eigentlich ganz schön abfällig. Der da oben hat einen Namen."

„Jetzt sei mal nicht so zickig."

Man hörte leisen Donner im Hintergrund. Da meldete sich der Schreier.

„Isaak, jetzt geht es los, jag die Typen zum Teufel. Das Wetter ist perfekt zum Fischen."

Das Donnern wurde lauter.

Wieder der Schreier.

„Ich habe einen Biss."

Mit einem lauten zzzzzzzzzzzzzzz sauste die Schnur von der Rolle.

„Ein richtig Großer", schrie der Laute. Dann mischte sich ein hässliches Knacken in das zzzzzzzzzzzzzzz, und die Angel des Schreiers verabschiedete sich von ihrem Leben. Dabei riss auch die Schnur, und der Fisch hatte seine Freiheit wieder.

„Verdammt, so eine Scheiße."

In dem Moment schlug ein heftiger Blitz in das im Wasser schwimmende Teilstück der Rute ein.

Die göttliche Stimme meldete sich wieder in Isaaks Kopf.

„Siehst du, Isaak, die kleinen Sünden bestraft der liebe Gott sofort."

Isaak schickte einen verzweifelten Blick zum Himmel, der aber nicht honoriert wurde. Dann wandte er sich an die 14.

„Los Jungs, kommt mit mir. Jetzt gibt es erst einmal etwas zu Essen und dann besprechen wir, wie es mit euch weitergeht."

Die Speisung der 5000

Der Himmel bringt Licht,
Die Sonne den Schein,
Die Wahrheit kommt nur durch den Wein

So schlurften die wilden 13 und Jesus hinter Isaak (dem ernannten Götterboten) hinterher und schauten mit Staunen auf die Welt, die sich vor ihnen auftat. Ihr Reiseführer Isaak führte sie an einer Bank vorbei.

„Wartet bitte einen kleinen Moment, ich muss mir etwas Geld holen."

Judas, der nicht zugehört hatte, stiefelte hinterher. Isaak ging zum Schalter.

„Hallo, Björndal."

„Hey, Isaak. Erwartest du eine größere Sendung?"

„Nein. Warum fragst du?"

Björndal schob ihm einen Kontoauszug über den Tresen. Isaak schaute darauf und riss die Augen auf.

„Das muss ein Fehler sein. Das ist nicht für mich."

„Doch, alles stimmt. Wir haben es überprüft. Der Absender ließ sich zwar nicht nachvollziehen. Aber lies mal den Zahlungsgrund."

Isaak, immer noch verwirrt, schaute sich den Auszug noch einmal genau an und flüsterte leise vor sich hin: „Zur himmlischen Verfügung."

Judas, der neugierig dabeistand, zupfte an Isaaks Wathose.

„Nicht jetzt, Judas."

Aber Judas blieb beharrlich und fragte Isaak in einem unwirschen Ton.

„Isaak, was ist das?"

Dabei zeigte er auf einen Fernseher. Isaak schaute interessiert hoch.

„Das ist ein Fernseher, der zeigt dir die neusten Börsennachrichten."

„Danke."

Judas achtete nicht mehr auf den Boten Gottes. Er setzte sich zu einer alten Dame und schaute gebannt auf das Zahlenspiel, welches sich vor seinen Augen abspielte. Die alte Dame stieß ihn an.

„Interessant?"

„Kann man wohl sagen. Können Sie mir bitte erklären, was da abgeht?"

So kam es zu einem angeregten Gespräch, und Judas merkte nicht, dass er auf einmal die Sprache der Einheimischen sprechen konnte. Isaak, der sich noch immer mit dem Schalterbeamten unterhielt, sah nicht, was sich hinter ihm abspielte. Die alte Dame hing gebannt an den Lippen des Apostels und fingerte nervös auf ihrem Smartphone herum. Zwei weitere Kunden, von den Geschehnissen aufmerksam geworden, gesellten sich dazu. Auch sie zückten ihre I-Phones. Judas saß stoisch auf seinem Sessel, zeigte auf den Bildschirm und sprach vor sich hin. Wieder kamen neue Kunden in den Laden, sahen die kleine Gruppe und gesellten sich dazu.

Dazu muss man sagen, dass die Norweger ein kleines, aber geselliges Völkchen sind.

Kaum ein Laut war zu hören, nur das leise Gemurmel von Judas, das wie das Plätschern eines Wasserfalls durch den Raum schwebte. Langsam wurde Björndal aufmerksam und schaute nervös vom Gespräch mit Isaak hoch.

„Was ist mit dir, Björndal?"

Björndal nickte nur und schaute an Isaak vorbei, der sich langsam umdrehte und auf eine Menschentraube schaute, die sich im Vorraum gebildet hatte.

„Was ist da los?"

„Weiß ich nicht, Isaak."

Isaak löste sich vom Tresen und ging langsam auf die Gruppe zu. Als ein Aufschrei ihn zusammenfahren ließ, dem hysterisches Gelächter folgte. Er schob sich durch die

Gruppe hindurch und schrak zusammen, als er Judas im Sessel sitzen sah. Wild gestikulierend, mit Zahlen um sich werfend, hielt er die Gruppe in seinem Bann, die an seinen Lippen hing, als würde er das Neue Testament verkünden.

„Was ist hier los, Judas?"

„Wir spielen gerade etwas, Isaak. Ich wusste gar nicht, dass ihr so interessantes Spielzeug auf der Erde habt."

„Spielzeug? Das ist die Börse."

„Na und, ob Risiko oder Börse, man spielt es, und das, um zu gewinnen. Also ist es Spielzeug."

„Und was machst du hier?"

„Ich gebe den Leuten Tipps, wie sie dieses Spiel gewinnen können. Im Kraftwerk habe ich nie verloren." Die alte Dame mischte sich ein.

„Und das macht er verdammt gut. Er hat mit Optionen mein Erspartes gerade verzehnfacht."

„Meins auch", hörte er aus allen Ecken.

„Ein Naturtalent", sprach die alte Dame und klopfte Judas auf die Schultern. Isaak wandte sich ab und schlug die Hände über dem Kopf zusammen.

„Herr, was soll ich denn machen?"

Wider Erwarten meldete sich die Stimme des Herren in seinem Kopf.

„Lass ihn, Isaak. Die Bank schließt in einer Stunde. Bis dahin hat er viele Menschen glücklich und reicher gemacht. Außerdem gibt er verdammt gute Tipps ab. Ich habe schon einen ansehnlichen Gewinn auf der hohen Kante."

„Herr, du spielst auch?"

„Mein Gott, Isaak, stör mich nicht, ich habe jetzt zu tun."

„Ja, Herr."

Isaak wollte zu Björndal, als er den Kopf hob, sah er den Banker an seinem Smartphone herumspielen.

„Du auch, Björndal?"

„Wo hast du den Jungen her? Das ist ein Naturtalent. Wenn er so weitermacht, gehen hier alle als reiche Leute heraus."

„Ich hole ihn in einer Stunde ab."

Als er aus dem Gebäude ging, kam er an der Gruppe im Vorraum vorbei und hörte nur.

„So, Leute, das ist eine der vielen Heuschrecken. Lass uns Heuschreckenstechen spielen. Wenn ich sage kaufen, dann kauft ihr, mit allem, was ihr habt."

Isaak hörte noch: „Kaufen."

Er stöhnte laut auf. Dann sah er zwei der Apostel ihre Notdurft mitten auf der Straße verrichten.

„Was macht ihr da?"

„Wir mussten mal."

„Aber doch nicht mitten auf der Straße."

„Wo denn sonst?"

„Wie habt ihr es denn im Himmel gemacht?"

„Da mussten wir nie."

„Da mussten wir nie", äffte Isaak die Apostel nach und schaute nach oben.

„Das hat der Herr da oben aber gut eingerichtet."

Wieder meldete sich die Stimme in seinem Kopf und das in einem schon fast entschuldigenden Ton.

„Isaak, nun geh mit den Jungs nicht so hart ins Gericht. Es sind noch Kinder."

„Herr, entschuldige, wenn ich dir widerspreche. Wo gibt es Kinder, die 2000 Jahre alt sind?"

Isaak hörte leises Räuspern.

„Herr?"

„Störe mich nicht, ich denke nach."

„Dann melde dich wieder, wenn du ausgedacht hast. Ich gehe jetzt mit den Kindern essen."

„Das würde ich nicht machen, Isaak."

„Ich weiß schon, was du meinst, Herr, sie können sich nicht benehmen."

„Genau."

„Ich habe keine Furcht, oh Herr, sie sind mitten unter Kindern, da fallen sie nicht auf."

Isaak kam mit den 12 Jüngern und Jesus auf dem Weg zum Campingplatz an einem Mac Donald Laden vorbei.

„Jungs, habt ihr Hunger?"

Eifriges Nicken war die Antwort.

„Gut, dann lasst uns zu Mac Donald gehen."

Petrus, schon immer der Neugierigste von allen, meinte: „Isaak, was ist Mac Donald?"

„Ein Lokal. Nein warte, das Wort Lokal gibt es im aramäischen nicht. Ein Haus, wo man essen kann. Ein ashem bayto und in diesem bayto ist heute, eat so much you can day."

„Ah, ashem (essen). Brüder ashem. Stellt Stühle und Tische zusammen, damit der Herr das Brot brechen kann."

Ohne darüber nachzudenken, rissen die Jünger Jesus vier runde Tische mit künstlichem Himmel aus dem Boden, stellten sie nebeneinander auf, reihten 13 Stühle auf die eine Seite und einen Stuhl auf die andere Seite. Dann setzten sie sich leise, Jesus in der Mitte und schauten Isaak erwartungsvoll an. Der wiederum stand, die Wathose noch an, die Angel in der einen Hand, die Augen verdeckt mit der anderen Hand und vor sich hin flüsternd: „Oh Gott, oh Gott."

Eine melancholische Stimme antwortete ihm: „Was hast du, Isaak, dass du mich rufst?"

„Schau, was deine Jungs angerichtet haben. Da kommt auch schon der Manager."

„Was habe ich dir gesagt, Isaak?"

„Ja, ich weiß, ich sollte auf dich hören und dich immer aussprechen lassen."

„Was treiben sie hier?"

„Meine Jungs wollten nur zusammensitzen."

„Müssen Sie deswegen das ganze Arrangement zerstören."

„Ah, Arrangement nennen Sie das? Schlechtes Essen auf schlechten Stühlen."

„Jetzt werden Sie mal nicht frech."

Während die beiden Streithähne sich immer näher kamen, war Jesus aufgestanden und ging zu ihnen. An Isaak gewandt, meinte er: „Streite nicht grundlos mit ihm, er hat dir nichts getan."

An den Manager gewandt, erwiderte er: „Überheblichkeit bringt nichts als Zank und Streit. Wenn du schlau bist, nimm einen guten Rat an."

Der Manager an Isaak gewandt, meinte: „Was ist das denn für ein Klugscheißer?"

„Genau, was mischst du dich hier ein? Eine Stunde auf der Erde und schon schlaue Sprüche auf Lager."

Die Stimme von Jesus wurde fester.

„Setzt euch, wir wollen das Brot brechen. Isaak, besorge uns zu Essen?"

Isaak wollte zu einer Erwiderung ansetzen, als er auf einmal die eindringliche Stimme des Herrn hörte.

„Isaak, höre auf meinen Sohn."

Die Schultern des Mannes fielen nach vorne.

„Wie du willst, Herr."

Der Manager, der Isaak beobachtet hatte, antwortete: „Ich bin nicht dein Herr."

Isaak reagierte leicht aggressiv: „Weiß ich auch. Bestell etwas von deinem Essen und zeige meinen Brüdern, dass es dir schmeckt."

Matthäus war aufgestanden und hatte einen zweiten zu dem Einzelstuhl gestellt. Der Manager besänftigt, in der Hoffnung, etwas umsonst zu bekommen:

„Ich nehme einen doppelten Cheeseburger, extra Ketchup, Pommes mit Mayo und ne Coke."

Wieder hatten die Jünger gut zugehört. In dem Bestreben, keine Fehler zu machen, hörte Isaak von allen Seiten nur: „Das will ich auch."

„Das vereinfacht die Sache ja ungemein."

Isaak ging zum Tresen, bestellte und machte mit der Bedienung aus, dass sie alles bringen sollte. Er drehte sich um und sah, wie Philippus sich angeregt mit dem Manager unterhielt. Sich nichts denkend, setzte er sich dazu. Dabei machte er sich Gedanken, wie es weiter gehen sollte. Isaak dachte bei sich, dass er den Männern langsam Sitten und Gebräuche seines Landes beibringen sollte. Verträumt saß er in der Sonne und spannte gedanklich einen Bogen. Ja, er würde es tun. Er würde die Männer in das Land seiner Väter bringen, nach Schleswig-Holstein.

Mittlerweile war die Bedienung gekommen und verteilte Essen und Getränke. Der Manager, der schon am Tisch saß, konnte es nicht abwarten zu essen, schlug seine Zähne in den Cheeseburger und wischte sich genüsslich den Ketchup aus den Mundwinkeln, als Jesus aufstand, den Cheeseburger in die Hände nahm und ihn brach. Die Jünger hingen an seinen Lippen. Mit leicht heruntergezogenen Mundwinkeln schaute er auf den Cheeseburger. Der Ketchup quoll ihm aus den Fingerlücken, aber er sprach. „Esset von meinem Leib und trinket von meinem Blut, und wenn ihr fertig seid, sammelt die Krümel und gebt sie den Armen und Hungrigen."

Der Sohn Gottvaters setzte sich, nahm die eine Hälfte des Cheeseburgers und fing an zu essen. Der Manager stieß Philippus an.

„Ein merkwürdiger Mensch."

„Kein Mensch, Manager. Es ist der Sohn Gottes. Aber trink von deinem Wein und iss dein Essen."

Der Manager schaute erstaunt auf sein Essen und nippte an dem Becher Cola.

„Was habt ihr gemacht? Der Cheeseburger ist besser als unserer, und aus der Cola wurde Wein?"

Philippus beugte sich zu ihm.

„Hast du nicht gehört, was der Herr gesagt hat?"

„Schon, aber…"

„Nicht aber, Manager."

Jesus, der die Unterhaltung der beiden beobachtet hatte, wandte sich an den Manager.

„Warum seid ihr so erschrocken? Und wie kommt es, dass solche Zweifel in eurem Herzen aufsteigen?" (Lk. 24, 38).

„Dann ist es ein Wunder."

Die Jünger waren fertig mit dem Essen. Jesus stand auf und sprach einen Segen. Dann gingen die Männer und sammelten alle Brotkrumen ein.

Eine stattliche Anzahl Menschen, die spazieren gingen, hatten sich um das Lokal versammelt und schaute der merkwürdigen Versammlung belustigt zu. Es hatte sich herumgesprochen, dass Menschen in Orkanger angekommen waren, die nicht in da Schema des Norwegers oder des Touristen passten.

Jesus gab seinen Jüngern ein Zeichen, und sie verteilten die Krumen an die Umstehenden. Aus den Krumen wurden Cheeseburger und aus den letzten Tropfen Wein ganze Becher voll. Die Norweger hatten schnell begriffen, sie aßen und tranken und ließen sich die Becher immer wieder nachschenken. Die Gesellschaft wurde mehr und mehr und auch immer lustiger. Bald brannten Feuer um die Schenke, und der Herr stand auf und predigte.

Isaak, den mittlerweile nichts mehr erschüttern konnte, schaute trotzdem erschrocken auf die Menge. Dabei sah er, dass auch die Jünger immer mehr tranken. Auch Jesus hatte einen Becher in der Hand und stand nach seiner kurzen Predigt nicht mehr so sicher auf den Beinen.

„Herr, du weißt, wie das endet. Was soll ich machen?"

Wieder hörte Isaak die angenehme Stimme des Herrn in seinem Ohr.

„Kümmere dich um Judas, Isaak. Hierum werde ich mich sorgen."

„Danke, oh Herr. Judas hatte ich ganz vergessen."

Isaak zückte sein Handy und wählte die Nummer von Björndal. Björndal nahm sofort ab.

„Hallo, Björndal, ist Judas noch bei dir?"

„Aber ja, Isaak. Aber wir sind nicht mehr in der Bank. Komm ins Hotel, da ist eine kleine Gesellschaft und dein Schützling ist der Mittelpunkt."

„Wie, Mittelpunkt?"

„Komm einfach."

Isaak ging kopfschüttelnd zu Petrus, der mit zwei hübschen Blondinen im Arm, die verdächtig ihre Hände unter seinem Gewand hatten, sich leicht lallend mit anderen Leuten unterhielt.

„Petrus, ich bin mal eben weg und hole Judas."

Petrus legte zwei Finger an die Stirn.

„Aye, aye, Isaak, geh in Ruhe, ich habe hier alles im Griff."

Isaak schaute sich um und sah Jesus und die anderen Jünger mit jeweils einer oder mehreren jungen Frauen dastehen und sich unterhalten. Selbst die Donnersöhne Jakobus und Johannes waren dem schönen Geschlecht nicht abgeneigt und stimmten leisere Töne an. Leicht konsterniert dachte Isaak: „Sodom und Gomorra."

„Isaak."

Kam die mahnende Stimme in seinem Gehirn. „Was denkst du? Sodom und Gomorra hatten ganz andere Ursachen."

„Herr, kann ich noch nicht mal in meinen Gedanken alleine sein. Oder findest du es gut, dass Jesus und die Jünger sich so gehen lassen?"

„Isaak, Isaak, Isaak, warst du nie jung? 2000 Jahre nur die Engel im Himmel. Das langweilt. Wenn sie schon für mich

60

predigen sollen, müssen sie auch ihre Erfahrungen machen. Praktiker braucht die Menschheit und keine Theoretiker. Lies dir in einer stillen Stunde die Bibel durch, und du wirst merken, von Menschen über Menschen geschrieben. Geschaffen nach meinem Ebenbild."

„Dein Wort in Gottes Ohr."

Isaak hörte leichtes Grummeln. Dann wandte er sich ab und ging zurück. Der Weg führte an dem einzigen Hotel vorbei, das im Ort war. Immer noch in der Wathose gekleidet, kam er an die Rezeption. Aus dem hinteren Saal hörte er schon lautes Gelächter und viele Stimmen. Er schaute das junge Mädchen an der Rezeption an.

„Judas?"

Sie zeigte nur mit einem verkniffenen Lächeln auf den Raum, aus dem das Gelächter kam. Langsam und müde schlurfte er zur Tür und öffnete sie. Was er sah, ließ ihn amüsiert erschrecken. Mit einem Blick nach oben.

„Ist es das, was du wolltest, oh Herr?" Es war ihm ziemlich klar, dass Gottvater ihm keine Antwort geben konnte. Der Raum war voller Menschen, die alle ein Glas in der Hand hatten und gut gelaunt waren. Er hatte den Eindruck, dass sich Orkanger, seitdem sie angekommen waren, verändert hatte. Der angeregte Smalltalk der Anwesenden hörte sich an wie das Summen eines Bienenstockes. Die Königin war da und verteilte Honig, den die anwesenden Bienen gierig aufnahmen, ohne darauf zu achten, dass alle etwas bekommen mussten.

Und da saß sie, die Königin, vertieft in ein Gespräch mit Björndal, der ihm ein Blatt Papier vor die Nase hielt. Eingeschlossen in einen uralten Ohrensessel manikürte eine junge Frau seine Finger. Judas war kaum wiederzuerkennen. Ein Maßanzug war auf seinen krummen Leib geschneidert worden, ein Bein über die Lehne des Sessels geworfen und in einer Hand eine Zigarre. Eine große Sonnenbrille verdeckte seinen schiefen Kopf, und Isaak hatte das Gefühl, Danny de Vito vor sich zu haben.

„Herr, wo hat er bloß so schnell diesen traumhaften und auch maßgeschneiderten Anzug her?"

Wieder erwarten antwortete Gottvater: „Isaak, höre ich einen Vorwurf in deiner Stimme?"

„Oh nein, oh Herr. Aber alle Geschäfte haben heute zu."

„Er hat mich gebeten, Isaak. Außerdem stehe ich in seiner Schuld."

„Hat das mit der Sache vor 2000 Jahren zu tun?"

„Ja, aber mehr brauchst du nicht zu wissen. Sorge dafür, dass er von der Gesellschaft befreit wird und bringe ihn zu den anderen. Ich habe noch Großes mit ihm vor."

„Wie du willst, oh Herr."

Isaak ging zu Judas, schob Björndal zur Seite, schaute Judas an.

„Nachricht vom Herren; du sollst sofort mitkommen."

Wieder erwarten stand Judas sofort auf.

„Aber unser Vertrag, Judas?"

Judas schaute Björndal von unten nach oben an.

„Björndal, ich bedanke mich für den ersten Einblick an der Börse, aber der Herr hat mehr mit mir vor und ich muss ihm gehorchen."

„Dann sei es so. Wer bezahlt die Rechnung hier?"

Beide schauten Isaak lächelnd an.

„Was schaut ihr mich an?"

Björndal, ein durchaus gläubiger Mensch, antwortete: „Judas hat mir erzählt, woher er kommt und dann diese sonderbare Überweisung, mit der Bemerkung, zur himmlischen Verfügung. Da bleibt dir nicht mehr viel Spielraum Isaak. Das wirst du zahlen müssen."

Isaak atmete tief durch.

„So sei es."

Mit einem Blick nach oben.

„Aber Herr, Belege brauchst du nicht?"

Sie gingen gemeinsam zum Tresen, und Isaak wunderte sich, dass jemand mit solch einem Aussehen in dieser kurzen Zeit so viel Aufmerksamkeit auf sich lenken konnte. Gut, die himmlische Hilfe war ihm gewiss, und ein glucksendes leises Lachen kam aus seinem Mund. Wieder entstand die wunderbare Stimme in seinem Kopf.

„Was lachst du, Isaak?"

„Du hast doch meine Gedanken gelesen, oh Herr, dann weißt du doch, warum ich gelacht habe."

„Mitnichten, Isaak, nachdem du mir durch die Blume gesagt hast, dass du mit deinen Gedanken einmal alleine sein willst, habe ich mich nicht mehr eingeschaltet."

„Ich lache darüber, dass ein so hässlicher Mensch wie Judas in unserer jetzigen Welt, wo alles auf Schönheit und Perfektion aufgebaut ist, wo nur junge Menschen Erfolg haben, die Menschen in seinen Bann zieht."

„Eine ganz einfache Rezeptur, Isaak. Geld, gepaart mit dem Spruch, man soll keine anderen Götter neben sich haben."

„Du bist gut, Herr. Du interpretierst dein erstes Gebot falsch."

„Wer sagt, dass ich es falsch interpretiere, Isaak?"

„Geld ist doch auch ein falscher Gott?"

„Isaak, entspanne dich. Der Zweck heiligt die Mittel. Du musst wesentlich lockerer in deinem Glauben werden, denn die Kirche hat nicht immer Recht, dein Glaube schon."

„Im Mittelalter hätten sie dich verbrannt, oh Herr."

„Erst musst du den Hasen haben, dann kannst du ihn schlachten."

Isaak antwortete nicht darauf, sondern nahm sich vor, den Herren noch einmal zu befragen.

Diesmal hörte er ein glucksendes Lachen.

„Herr, du liest schon wieder meine Gedanken."

„Ausnahmen bestätigen die Regel, Isaak. Außerdem ist es immer gut, die Argumentation des anderen zu kennen."

Isaak schüttelte mit dem Kopf. Dann nahm er seine Geldtasche, zückte die Goldkarte eines Kreditinstitutes und bezahlte. Judas, der ihn beobachtete, stieß ihn wieder an.

„Was ist das, Isaak?"

„Das ist Geld."

„Geld sieht für mich anders aus."

Dabei griff er in seine Jacketttasche und holte ein Bündel norwegischer Geldscheine hervor.

„Das ist Geld."

Er griff in das Bündel und warf der Rezeptionistin einen großen Schein zu.

„Für Sie."

„Virtuelles Geld, Judas. Das, was du in der Bank gemacht hast, war auch ein Spiel mit virtuellem Geld."

„Also, wenn ich das recht verstehe, Geld, was kein Geld ist."

„Genau."

Judas stand da und überlegte angestrengt.

„Ich produziere also eine Fata Morgana, und wenn sich die Menschen genug satt gesehen haben, lasse ich sie wieder verschwinden."

Judas lächelte verschlagen.

„Das ergibt ja ungeahnte Möglichkeiten zu betrügen."

„Was meinst du, was Banker und Börsenspekulanten machen?"

„Kannst du mir das beibringen, Isaak?"

„Nein, denn wie ich gesehen habe, kannst du das schon. Ich werde dich mit jemanden bekannt machen, der das kann."

„Mr. Peanuts?"

„Woher kennst du ihn?", fragte Isaak neugierig.

„Luzi freut sich schon auf ihn. Denn er hängt genauso im Aktiengeschäft drin, wie der da oben."

Dabei deutete Judas mit dem Finger nach oben. Isaak, der seine Karte wieder einsteckte, schaute Judas lässig an.

„Insidergeschäfte sind nicht erlaubt."

„Wenn er tot ist, ist er kein Insider mehr, bekommt aber genug Macht, um Insiderwissen weiterleiten zu können."

„Und der Herr erschuf den Menschen nach seinem Ebenbild."

„Was sagst du, Isaak?"

„Ach nichts, Judas, ich habe nur so vor mich hingedacht. Komm, lass uns zu den Anderen gehen."

Das ungleiche Paar ging, so verschieden wie sie waren, durch die kleine Stadt und manch ein verborgener Blick ruhte auf ihnen. Bevor sie den Schnellimbiss erreichten, hörten sie schon Musik und Gelächter. Die Anwesenden hatten sich um ein Feuer versammelt, und Isaak zählte die Jünger durch. Wie er erwartet hatte, fehlten einige, und er machte sich seinen eigenen Reim darauf. Er ging zu Petrus.

„Hallo, Petrus, da fehlen einige von euren Brüdern."

„Mach dir keine Gedanken, Isaak, die stoßen morgen zu uns."

„Wollt ihr hier noch länger sitzen?"

„Eigentlich haben wir nur auf dich gewartet. Es wird langsam kalt, und wir sind müde. Hallo, Judas, was hast du für einen ungewöhnlichen Zwirn an?"

Judas grinste von unten nach oben.

„Beziehungen."

„Die hattest du schon damals zu Herodes."

„Petrus, irgendwann wird dir einer mal auf dein gottloses Maul schlagen."

Isaak ging sofort dazwischen.

„Streitet euch nicht. Sammelt die anderen ein, wir gehen zum Campingplatz."

„Campingplatz? Was ist das?"

„Ich sehe, ihr müsst noch sehr viel lernen."

Die Überfahrt

Im Himmel

Maria schwebte herein.

„Na, Väterchen. Was machen unsere Recken?"

Sie setzte sich neben Gottvater, der einsilbig antwortete: „Ja, geht ganz gut."

„Komm, rück mal ein bisschen."

„Maria, da gibt es nichts zu sehen."

„Los, Väterchen, rücken."

Widerwillig machte Gottvater Platz.

„Sag mal, was sollen denn die Frauen an der Seite deiner Jünger?"

„Erst einmal sind es nicht meine Jünger, sondern seine Jünger, und zweitens mische ich mich nicht ein, wenn sie da etwas machen."

„Was machen? Die fummeln an denen herum. Ist das in deinem Sinne?"

Die Stimme Väterchens erhöhte sich um eine Oktave.

„Ich fummele ja auch an dir herum. Ist das nicht in deinem Sinne?"

„Väterchen, ich bin die Unbefleckte."

„Das wüsste ich aber."

Maria, die auf den Einwand nicht einging, wie das immer ist, wenn Frauen etwas zu verbergen haben, hetzte weiter.

„Und Wunder macht er auch schon wieder. Hast du ihm das nicht verboten?"

„Nur ein paar ganz kleine. Zum Abgewöhnen."

Während die beiden sich noch stritten, leuchtete eine kleine rote Lampe auf Gottvaters Display auf, die der Allwissende aber nicht bemerkte.

Zum selben Zeitpunkt auf der Erde

Isaak hatte es geschafft, die wilden 13 von den Mädchen zu trennen. Sie waren mit dem Zug auf dem Dovre Fjell (höchste flache Erhebung auf dem Weg nach Oslo) angekommen, so kamen sie auch dem Himmel ein Stück näher. Aber die Gefahr kam aus einer ganz anderen Ecke; aus dem Kraftwerk. Müdigkeit hatte den einfachen menschlichen Helfer übermannt, den alle den Götterboten nannten, und die Augen fielen ihm langsam zu. Der Traum, der ihn aufsuchte, überrollte ihn wie ein fahrender Zug.

Der Traum des Isaak

Wie ein Blitz erfasste es den Helfer des Herrn. Ein kalter Schauer durchfuhr ihn, als die Bilder auf ihn einstürmten. Seine Lenden fingen an zu pochen. Als sein Kleinhirn wahrnahm, was er da sah, verschränkte er die Arme und lächelte genüsslich.
Leichtbekleidete…
Ach, wir wollen sie nicht mit den Träumen eines Gottesboten langweilen.
Auf jeden Fall saßen Jesus und Judas dem Götterboten gegenüber, als Judas Jesus anstieß und auf das lächelnde Gesicht Isaaks zeigte. Schnell hatte es die Runde gemacht, dass Isaak im Traumland war. Petrus stieß Jesus an.
„Nun mach schon."
„Lass ihn alleine träumen."
„Stell dich nicht so an, Jesus. Wir wollen alle sehen, was das Menschenkind für Träume hat."
Jesus griente breit und ließ eine Reihe weißer Zähne blitzen.
„Meint ihr wirklich?"
„Los, zier dich nicht."
„Wisst ihr, was ihr seid?"
„Wissen wir, Voyeure. Weißt du noch, das letzte Mal, als Maria geschlafen hat."
„Weiß ich. Ok."

Liebe Leser, jetzt kommt das Beste. Es kann natürlich etwas an der Übersetzung hapern. Sinnbildlich übersetzt. Sie kennen alle Spoks Gedankenlesetechnik. 3 Finger an die Schläfe und konzentrieren. Was sagt uns das? Die Vulkanier sind Gott noch näher als wir. Aber das ist eine ganz andere Geschichte.

Jesus legte drei Finger an die Schläfe des Götterboten und fasste Petrus an, der wiederum einen zweiten Jünger anfasste, bis alle verbunden waren. Nach kurzer Zeit unterbrach Petrus die Verbindung.

„Jesus, ich glaube, wir sollten einen kleinen Exorzismus einlegen. Irgendwie müssen wir den Götterboten schütze."

Eine dunkle Stimme antwortete: „Das solltet ihr lieber sein lassen, ihr Anfänger."

Die Köpfe flogen zu Isaak, der immer noch schlief. Nur Rauch kam aus seinem Mund. Jesus ging mit der Nase heran und roch.

„Na, Luzi, immer noch Mundgeruch? Darf ich annehmen, dass mein Papa nichts davon weiß?"

Leichtes Räuspern war die Antwort, und stoßweise kam Rauch aus den beiden Nasenlöchern des Schlafenden.

„Und wenn du nicht sofort aus dem Körper Isaaks verschwindest, erzähle ich dem Alten, was Maria geträumt hat."

„Lass die Finger davon. Das geht nur deinen Alten und mich etwas an."

„Da irrst du, das ist eine Familienangelegenheit. Du hast mich gehört, Luzi. Lass unseren Freund in Ruhe, oder ich schicke ein Stoßgebet zum Himmel. Dann ist es bei dir mit Stoßen vorbei."

Der Leib Isaaks schüttelte sich kurz.

„Jesus, überprüfe Isaak lieber noch einmal, ob Luzi wirklich draußen ist."

Jesus legte die drei Finger noch einmal an den Kopf des Probanden.

„Er ist sauber."

Thaddäus drängelte sich nach vorne.

„Luzi ist schlimmer als die NSA."

„Was weißt du denn von der NSA, Thaddäus? Irgendwelche Informationen, die ich nicht habe? Wo hast du etwas gehört?"

Petrus legte die Hand schwer auf die Schulter des Apostels und Thaddäus sprach.

„Äh, em. Ich habe ein Gespräch zwischen Luzi und Gottvater mitbekommen. Da sprachen sie von der NSA."

„Und was kam dabei heraus?"

„Ja, so wie ich das verstanden habe, ist der Snowden ein Doppelagent. Nicht zwischen Putin und Obama. Sondern zwischen Gottvater und Luzi."

„Und, was soll das?"

„Es ist so eine Art der Götterdämmerung."

Petrus überlegte kurz.

„Er will die Menschheit auf die Probe stellen. Bei Wagner sind es die drei Nornen."

Jakobus, der Sohn des Alphäus, meldete sich zu Wort.

„Die erste Norne ist Gottvater, der das Schicksalsseil knüpft. Die zweite Norne ist dann Luzi, der das Seil empfängt. Die dritte Norne sind wir."

Petrus zog Jakobus zu sich.

„Da ist irgendetwas falsch. Wer knickt den Ast aus der Weltesche und formt daraus einen Speer?"

Isaak war inzwischen aufgewacht und setzte sich auf.

„Norne eins ist der Gottvater, Norne zwei Maria, Norne drei seid ihr. Wotan verkörpert Luzi. Denn:

> **Um dich zum Weib zu gewinnen, mein eines Auge setz ich dran** <."

„Woher kennst du das Verhältnis von Luzi zu Maria."

Isaak schaute auf Judas, der rot anlief.

„Was hat Luzi erzählt, Judas?"

„Ja, das ist so. Auch im Kraftwerk haben Wände Ohren. Luzi hat sich mit Adolf unterhalten, und ihr wisst doch, Gottvater und Adolf haben ein Faible für Wagner und Luzi hat mit dem Verhältnis mit Maria angegeben, wobei aber alle wissen, dass sie ihn nicht ranlässt."

„Das heißt also, Adolf hat Luzi geraten, das Spiel mitzuspielen, da er weiß, wie die Götterdämmerung ausgeht."

Der Eiferer, Simon Kananäus meldete sich zu Wort.

„Es gibt aber noch eine zweite Fassung von dem Ende der Götterdämmerung."

„Woher weißt du das?"

„Ich war eine Zeit lang der Schreiber von Wagner, und da hat er das Ende der Götterdämmerung umgeschrieben.

„Und wie?"

„Die Weltesche heilt durch den Glauben der Menschheit."

„Und jetzt will er ausprobieren, welches Version die Richtig ist?"

„Aber Luzi weiß irgendetwas, was wir nicht wissen, sonst würde er nicht so ein Risiko eingehen."

Isaak, der sich etwas aufgesetzt hatte, meinte: „Was habe ich für einen dämlichen Geschmack im Mund."

Petrus schaute ihn an.

„So etwa, wie faule Eier?"

„Genau, so könnte ich mir faule Eier vorstellen."

„Ok. Jesus gib ihm eine."

„Meinst du wirklich?"

„Zögere nicht, er ist ein Freund."

Jesus gab ihm etwas in die Hand.

„Einfach in den Mund stecken und kauen. Die Wirkung tritt sofort ein."

Isaak konnte nicht anders.

„Nicht nur Jesus, sondern auch noch Apotheker. Muss ein langes Studium gewesen sein?"

„Fast 2000 Jahre. Jetzt schmeiß rein."

Isaak schaute sich das Objekt an.

„Das ist ja eine Hostie."

„Ja und?"

Isaak steckte sie sich in den Mund und fing an zu kauen.

„Ah, gut. Ist sie noch für etwas anderes gut?"

„Worauf du einen lassen kannst."

Sofort besserte sich die Stimmung im Zug, und Andreas, der Bruder des Simon Petrus, fing einen Psalm an zu singen.

Petrus schaute Isaak an.

„Was meinst du, wie sollen wir jetzt verfahren?"

„Petrus, wir machen das, was der Alte gesagt hat. Ich glaube an die Menschheit."

Der Schlag des Petrus auf die Schulter des Isaak war sehr heftig.

„Ich liebe deinen Optimismus."

Issak, der dem Gesang des Psalms einen Moment zuhörte, fragte in die Runde: „Jungs, was macht ihr da für eine Musik? Ist das der Rap des Altertums? Ich habe da etwas Anderes."

Isaak nahm sein I-Phone und stellte es ein. Nach ein paar Takten begann James Brown mit „Sex Maschine." Judas griff unter den Sitz, holte eine Flasche Chianti heraus und stieß Jesus an.

„Daraus kannst du mit Sicherheit mehr machen."

Ein breites Lachen ging über das Gesicht des Erlösers. Das erste Mal, dass er dem Namen gerecht wurde, er erlöste die Jünger von ihrem Durst.

Es war eine der lustigsten Fahrten nach Oslo, die Isaak je erlebt hatte. Zu den Jüngern gesellten sich Juden. Einer dieser Juden hatte eine Geige bei sich, der andere eine Klarinette und schon bald wurden jiddische Lieder gespielt. Es gesellten sich Muslime und Orthodoxe, Buddhisten und Schiiten, Hinduisten und Sunniten dazu, sie tanzten, tranken und rauchten ein lustiges Pfeifchen, das die Runde machte. Kein böses Wort fiel, und alle vertrugen sich.

Im Himmel

Gottvater beobachtete die jungen Leute, stand auf, pfiff das Liedchen mit und machte nach Jahrtausenden die ersten Tanzschritte. Dann rief er Maria: „Mariechen, komm, lass uns ein Tänzchen mochen."
Die Tür ging auf, und Maria Magdalena stand in ihrer ganzen Pracht davor.
„Väterchen, was machst du da?"
„Komm, meine kleine Schickse (Christenmädchen), lass uns mochen jiddischen Tanz."
„Drehst du jetzt ganz durch, Väterchen?"
Gottvater nahm sie am Arm und führte sie ein paar Schritte, die sich Maria willig gefallen ließ. Schnell entspannte sie sich, und aus den paar Schritten wurde ein kleines Tänzchen.
„Väterchen, was machen die da unten?"
Außer Atem und lachend, ließen sich die beiden in den Sessel fallen.
„Die machen ganz einfach Musik, Maria. Kein Politiker, kein Banker, kein Waffenhändler, kein Klugscheißer, aber acht Weltreligionen kommunizieren miteinander.

Liebe Leser, jetzt könnte man natürlich auf den Gedanken kommen, dass Gottvater ein Jude ist. Nur, weil er die Musik mag? Aber sehen Sie, es tanzen Muslime, Orthodoxe, Christen, Sunniten, Schiiten, Buddhisten, Hinduismen miteinander und das nach einer Musik. Weil sie sich dadurch verbunden fühlen. Gottvater wusste es, Maria lernte es, die Menschen praktizierten es. Wäre es nicht schön, wenn es keine

Politiker, Banker, Klugscheißer und Gierige gäbe? Vielleicht wäre es dann das Paradies?

Liebe Leserinnen, entschuldigen Sie bitte, dass ich immer Gottvater sage. Vielleicht war es auch Gottmutter. Ich folge nur der Übersetzung, die uns einen ersten Überblick gibt, aber nicht, was das Geschlecht angeht, richtig sein muss. Nicht, dass auf einmal Alice Schwarzer auftaucht und sich das Recht herausnimmt, Gottmutter zu sein. Oder Jacko, weil er sich immer in den Schritt fasst. Entweder, um zu kontrollieren, ob er noch da ist, oder um zu überprüfen, was es ist. Keiner weiß es. Na ja, der da oben weiß es vielleicht.

Zurück auf der Erde.

Der Zug war in Oslo angekommen, und die Jünger bekamen große Augen, als sie die riesige Stadt sahen. Sprachlos hatten sie die Straßenzüge gesehen, an denen der Zug vorbeifuhr. Als alle ausgestiegen waren, tauschte man Adressen aus, und Isaak freute sich, dass seine Jünger (sehr besitzergreifend) glücklich waren. Ein kleines Sit-in verstärkte das wir Gefühl noch. Man trank die letzten Getränke gemeinsam und verabschiedete sich, nicht ohne das Versprechen abzugeben, sich irgendwo auf der Welt wiederzutreffen.

Als alle weg waren, standen nur noch Isaak und die Jünger da. Merkwürdige Blicke trafen sie, und Isaak schaute seine neu gewonnenen Freunde an.

„Judas, was meinst du? Hast du Lust?"

Judas verstand sofort.

„Und ob, das wird ein Spaß."

Petrus hatte misstrauisch zugehört.

„Was wird ein Spaß?"

„Ihr müsst etwas anderes zum Anziehen haben, so könnt ihr nicht weiter herumlaufen."

„Was hast du gegen unser Gewand, Isaak."

Isaak wusste, dass es Petrus gerne etwas ruppig mochte. Es war ja schließlich auch eine schwere Zeit, damals, vor 2000 Jahren.

„Ihr seht scheiße aus. Schau dir mal die Leute an, wie die hier herumlaufen und dann seht euch an. Ihr habt euer Aussehen seit 2000 Jahren nicht verändert. Ihr stinkt, seid noch halb besoffen von der Tour und fallt auf. Wenn wir Gottvater helfen wollen, müsst ihr euch etwas anpassen."

Petrus, der Konservativste von allen, schaute seine Freunde an, die eifrig nickten. Dann sah er zu Judas herunter, der ja von seinen Freunden in Orkanger schon eingekleidet worden war.

„So wie er?"

Isaak zögerte einen Augenblick, legte eine besondere Betonung in den nachfolgenden Satz.

„Nicht unbedingt, könnte, ja. Weißt du was? Wir lassen uns beraten." Wieder schaute der Apostel seine Freunde an. Die ihn erwartungsvoll beobachteten. „So Gott will."

„Gut, dann kommt mit. Ich habe hier einen guten Freund, der wird uns helfen."

Isaak schaute auf die Uhr.

„Wir haben noch 6 Stunden, bis wir auf dem Schiff sein müssen."

„Welches Schiff, Isaak?"

„Das werdet ihr dann sehen. Wir müssen nach Schleswig-Holstein, und ihr habt immer noch keine Papiere."

Isaak drehte sich um und ging, ohne sich nach den anderen umzusehen, zur Einkaufsstraße. Judas, der neben ihm lief, deutete auf das Handgelenk von Isaak.

„Sag mal, was ist das?"

„Das ist eine Uhr, Judas, damit kannst du die Zeit ablesen."

„Erkläre sie mir."

Isaak hielt an, scharte die Apostel um sich und erklärte ihnen die Uhr.

„So etwas bekommt ihr auch."

Zufrieden gingen sie weiter, bis alle vor einem Herrenladen standen. Isaak ging vor und traf schon an der Tür den Besitzer.

„Isaak, was haben wir uns lange nicht gesehen?"

„Ja, Jona, meine Geschäfte haben mich mehr nach Holland gebracht. Aber ich habe ein Problem."

„Lass hören."

„Ich habe hier 13 Freunde und 6 Stunden Zeit. Sie müssen geduscht werden. Friseur, Maniküre, Pediküre. Einkleiden, Schuhe, Uhren, Wechselkleider, Unterwäsche. Eben alles, was man braucht."

Jona schaute die Apostel an.

„Hast du irgendetwas eingenommen, Isaak?"

„Nein, mein Freund. Hier ist meine Gold Card, der Preis ist egal."

Jesus kam auf die beiden zu.

„Das ist Jesus, Jona."

„Du bist Jona?"

„Ja ich bin Jona, und du bist Jesus."

„Kennst du deine Vorfahren, Jona?"

Die samtweiche Stimme des Erlösers schlug Jona sofort in seinen Bann.

„Nein, ich bin ein Findelkind. Ich kenne Vater und Mutter nicht."

„Alle deine Vorväter hießen Jona. Komm, setze dich und staune."

Wie in Trance setzte Jona sich, und Jesus legte ihm die Hand auf die Stirn. Kurze Zeit später löste er die Hand von der Stirn des Ladenbesitzers.

„Weißt du jetzt, wer deine Vorväter sind und warum deine Eltern dich abgegeben haben?"

„Ja, Jesus. Ich hatte ja keine Ahnung."

„Es ist nie zu spät. Sorge für uns und begrüße deine Mutter."

Eine ältere Dame kam in das Geschäft und nickte den Männern zu.

„Das ist sie?"

„Ja."

„Weiß sie es?"

„Nein."

„Sie hilft manchmal aus."

„Dann geh."

Immer noch wie in Trance ging Jona zu der alten Dame, sprach mit ihr und beide fielen sich in die Arme.

Isaak, der neben Jesus und Petrus stand, war verwundert.

„Und?"

„Was und?"

„Wer waren jetzt die Vorfahren?"

„Kennst du die Geschichte von Jona und dem Wal?"

„Ja, aber…"

Jesus wandte sich ab und ging.

„Ist er immer so?", fragte Isaak den Apostel.

„Nur, wenn er zufrieden ist."

Mutter und Sohn kamen auf die beiden zu.

„Wo ist Jesus?"

Petrus legte ihm die Hand auf die Schultern.

„Lass ihn, er braucht einen Moment der Ruhe."

„Mama, wollen wir?"

Verliebt legte die Mutter ihre Hand auf den Unterarm ihres Sohnes.

„Dann los, Jona."

„Ma, zeige Isaak den Weg zur Dusche. Isaak, du sorgst dafür, dass die Männer duschen, wenn sie fertig sind, sollen sie herunterkommen. Ich muss einiges vorbereiten."

Es zeigte sich, dass Jona nicht nur ein glänzender Verkäufer war, sondern genauso gut organisieren konnte. In kürzester

Zeit waren Friseur, Maniküre und Pediküre da, ein Uhrenverkäufer klopfte an die Tür und brachte die bestellten Uhren. Genauso der Lederverkäufer, der 13 bestellte Reisetaschen brachte, die mit Namen versehen wurden. Als alles lief, setzte Jona sich einen Augenblick Judas, der neben ihm saß, stieß ihn an.

„Hey, Jona."

„Was ist, Judas?"

Judas deutete auf den Fernseher, der im Laden stand.

„Kannst du mir die Börse einschalten."

„Ja, sicher."

Jona stand auf, schaltete den Fernseher ein, und Judas verwickelte den Mann, als er sich wieder setzte, in ein Gespräch. Danach gab der dem Apostel sein I-Phone. Ohne Judas weiter zu beachten, ging er zu Isaak, der sich lautstark mit Jakobus und Simon unterhielt. Beide saßen auf einem Stuhl, dahinter zwei Friseure, die resigniert die Schultern hängen ließen.

„Was ist hier los?"

Isaak drehte sich zu ihm.

„Schau dir die beiden an, Jona. Sie wollen weiter in ihrem 2000 Jahre alten Afrolook herumlaufen und begreifen nicht, dass sich die Zeit geändert hat. Ein schöner Kurzhaarschnitt würde sie besser aussehen lassen."

Simon, der Eiferer, schaute Jona unwillig an, der wiederum kurz überlegte. Er drehte sich um, sah Petrus und ging zu ihm.

„Petrus."

„Ja, Jona."

Petrus, in einem weichen rosa Hemd gekleidet, schon die Haare geschnitten, ein Bein in einer Jeans, rasiert und wohlriechend, schaute Jona fragend an.

„Schau dich im Spiegel an. Gefällst du dir?"

„Sehr gut. Man muss mit dem Fortschritt gehen, wie die Kirche."

Jona, leicht verlegen, meinte nur: „Ich glaube, das ist eine ganz andere Geschichte. Jetzt schau dir die beiden Lümmel an, willst du mit denen durch die Weltgeschichte ziehen, so wie die aussehen?"

Petrus drehte sich zu Simon und Jakobus. Die, als sie es merkten, dass sie Petrus volle Aufmerksamkeit hatten, etwas in sich zusammenfielen.

„Jona, wie sagt ihr. Gib mir 5 Minuten."

„Aber dazu brauchst du eine Uhr."

Jona langt hinter sich, griff sich eine der neuen Uhren und schnallte sie Petrus um.

„Du weißt, wie sie funktionieren?"

Petrus nickte nur, immer noch die beiden Apostel fixierend. Jona nahm seine Leute mit und verschwand. Er sah noch, wie Petrus mit Jesus sprach und Petrus sich hinter die beiden Gefolgsleute stellte. Kurz huschte er zu Jesus.

„Jesus."

„Was ist, Jona?"

„Bitte keine Bergpredigt, wir haben einen engen Zeitrahmen."

Auch Jesus legte er auf die Schnelle eine Uhr an und gab ihm das 5 Minuten Zeichen. Als er die Tür hinter sich schloss, hörte er die Worte Jesus wie ein Sing Sang durch den Raum schweben, anschwellend zu einem Orkan, abschwellend zu einer Brise.

Jonas Mutter, die neben ihrem Sohn stand, sagte: „Was passiert da jetzt, Jona?"

„Jesus schwört sie auf ihre Aufgaben ein."

Isaak mischte sich ein.

„Ihr kennt doch den Witz mit der ersten Fußballmannschaft?"

Die beiden verneinten.

„Jesus stand im Tor, und seine Jünger standen abseits."

Die drei hielten sich die Hand vor den Mund und lachten. Die 5 Minuten waren noch nicht um, als die Tür von Johannes geöffnet wurde.

„Es kann weitergehen."

Schnell, wie Schatten huschten die Angestellten wieder an ihre Ausgangspositionen und machten da weiter, wo sie aufgehört hatten. Entspannt saßen Simon und Jakobus auf ihren Stühlen und gaben den Friseuren Anweisungen. Dann riefen sie Jona zu sich.

„Jona, was sagst du?"

Jona stellte sich vor sie, hielt den Kopf leicht gebeugt. Eine Hand stützte den Ellenbogen des anderen Arms, das Kinn auf die Faust gestützt.

„Zeitgemäß, aber da fehlt noch etwas."

Isaak stand neben ihm und schaute entsetzt auf die beiden Jünger.

„Glatze, wie sieht das denn aus?"

„Nicht so voreilig, Isaak. Die beiden haben Potenzial. Zieht ihnen Jeans mit Jackett an. Hemd bläulich, Krawatte hervorstechend, Ring am kleinen Finger und eine unauffällige, schwere Uhr. Sonnenbrille und, jetzt kommt der Kick, Blues Brothers Hut."

„Blues Brothers, dunkles Hemd, Jona."

„Richtig, Isaak, ihr habt gehört."

Die beiden zogen das ihnen Gereichte an.

„Perfekt. Dreht euch um und schaut in den Spiegel."

Das Bild wandelte sich im Laden. Nicht mehr 13 verloderte Clochards beherrschten das Bild, sondern 13 wettergegerbte, gutaussehende Männer, die nicht nur die Blicke der Frauen in ihren Bann zogen.

„Spürst du die Kraft, die von ihnen ausgeht, Jona?"

„Gott lobet den Herren. Was machen wir denn mit dem Zwerg?"

„Sag nie wieder Zwerg, Jona. Ich glaube, Gottvater hat etwas Besonderes mit ihm vor."

Beide gingen zu Judas, der immer noch im Sessel saß, das I-Phone von Jona in der Hand und einen Laptop vor sich.

„Wo hast du den Laptop her, Judas?"

Konzentriert schaute Judas auf die Zahlen, die auf dem Bildschirm erschienen. Dabei zeigte er mit dem Finger nach oben. Unvermittelt schaute er Jonas an.

„Was bekommst du für die ganze Schose, Jona?"

„Das macht doch Isaaks Gold Card?"

„Papperlapapp. Isaak soll sein Geld sparen. Das mache ich. So viel Spaß hatte ich in meinem Leben nicht und unten im Kraftwerk sowieso nicht."

Er warf ihm das I-Phone zu. Jonas fing es geschickt auf.

„Schau auf die Zahl, langt das?"

Jona schaute auf die Zahl und wurde blass. „Das ist viel zu viel. Wie hast du das gemacht? Woher hast du meine Kontonummer?"

„Dein I-Phone hat mir alles verraten. Apropos, es sind Dollar, nicht norwegische Kronen. Also einverstanden?"

„Gut."

Judas tippte auf eine Taste.

„Überwiesen, auf dein Konto in New York."

„Woher hast du die Kontonummer, sie steht nicht in dem I-Phone?"

Wieder zeigte Judas nach oben.

„Fange an zu glauben, Jonas. Du weißt doch, Glaube versetzt Berge. Isaak, ich glaube, es wird Zeit."

Isaak, der die ganze Szene amüsiert beobachtet hatte, schreckte hoch.

„Du hast recht, Judas, der Dampfer legt bald ab."

Jona war wieder ganz Manager.

„Los, stellt euch zusammen. Eine Gruppenaufnahme."

Die Aufnahme war schnell gemacht und, liebe Leser, was soll ich sagen. Sie gaben ein ganz anderes Bild ab als die hörigen Jünger beim Abendmahl.

Jona nahm Jesus und Isaak auf die Seite und erklärte ihnen, wie sie über die Einkaufsstraße zum Schiff gehen mussten. Jesus rief seine Apostel zusammen, und sie bildeten einen Kreis und nahmen auf der Straße Aufstellung. Als Jona sah, dass Jesus den Rat befolgt hatte, stiegen ihm die Tränen in die Augen und er blickte zum Himmel und sprach: „Gottvater, Sieh dir das an, sieht es nicht großartig aus?"

Unerwartet traf ihn die Stimme in seinem Kopf.

„Mein Sohn, du hast gute Arbeit geleistet."

Jesus an der Spitze, mit noch langen und gepflegten Haaren, in einem langen Lederstaubmantel gekleidet. Jeans und Cowboystiefel gaben den Betrachtern das Gefühl der Freiheit, gefolgt von Petrus und Andreas. Alle anderen folgten nach, nur Jacobus und Simon gingen jeweils außen, mit dem Nimbus eines Beschützers begleiteten sie die kleine Gruppe außerhalb der Keilform. Isaak war erstaunt über den Wandel, der die Männer so verändert hatte. So, wie sie aussahen, sich gaben und daher schritten, sahen sie aus, wie ein Bündel voller Energie. Bewundernde Blicke verfolgten sie, und Isaak gab sich nicht dem Glauben hin, den Tiger bändigen zu können.

Am Hafen angekommen, gingen sie an der Oper vorbei, jeder seine Tasche in der Hand. Als sie das Wasser erblickten, sah er das Lächeln in den Augen der Fischer.

Isaak hatte sich an die Spitze, neben Jesus, gesetzt.

„Einige deiner Männer riechen das salzige Wasser. Es scheint ihnen gut zu bekommen."

„Bedenke, Isaak, es sind einfache Fischer, die mit dem Meer groß geworden sind. Wo ist unsere Fähre?"

Isaak hatte mit dieser Frage gerechnet.

„Du stehst davor, Jesus."

Jesus zeigte auf den Stahlkoloss.

„Meinst du das Ungetüm?"

„Die Entwicklung hat den Menschen nach vorne gebracht."

„Und den Glauben nach hinten", kam die trockene Antwort. Er drehte sich um und klärte seine Freunde auf.

„Folgen wir einfach Isaak. Mein Vertrauen ist groß."

Isaak nahm Jesus am Arm.

„Wartet einen Moment, ich hole eben die Tickets."

Isaak löste sich von der Gruppe, holte die Tickets und gesellte sich wieder zu den Männern.

„Wir können an Bord."

Die Apostel hatten in der Menge einige Freunde von der Zugfahrt wiedergetroffen. Sie verabredeten sich zum Essen. Mit erstaunten Augen verfolgten sie das Boarding.

„Und du bist sicher, dass er schwimmt, Isaak?"

„Lukas, ich bin mir ganz sicher."

Lukas schaute Isaak in die Augen.

„Kennst du die Apostelgeschichte?"

„Nein."

„Wir hatten da so ein Erlebnis."

„Erzähle."

„Als aber der Südwind wehte, meinten sie, ihr Vorhaben ausführen zu können, lichteten die Anker und fuhren nahe an Kreta entlang. Nicht lange danach aber brach von der Insel her ein Sturmwind los, den man Nordost nennt. Und da das Schiff ergriffen wurde und nicht mehr gegen den Wind gerichtet werden konnte, gaben sie auf und ließen sich treiben."

„Mach dir keine Gedanken, Lukas, mein Freund. Wir haben einen Motor und sind nicht mehr auf den Wind angewiesen, so wie Ihr damals. Könnt ihr von oben gar nicht auf die Erde sehen, dass ihr den Entwicklungsstatus mitbekommt?"

„Eingeschränkt. Da gibt es eine Zensur."

„Also habt ihr da oben eine Diktatur?"

„Ich kann die Frage nicht beantworten, ohne ihn da oben zu verärgern."

Die Stimme in beider Köpfe hatte einen drohenden Faktor.

„Ich würde euch nicht raten, darüber nachzudenken." Während Lukas sich verängstigt bückte, hatten die Augen des Götterboten einen leicht dreisten Ausdruck.

„Wie ich gesagt habe, eine Diktatur. Wie verträgt sich das mit deiner Aussage >**Machet euch die Erde untertan**<, Väterchen?"

Lukas sagte zu Isaak: „Jetzt reize ihn nicht noch mehr, das kann in die Hose gehen."

„Was heißt hier reizen? Ich will eine Antwort haben. Er hat uns doch auch den freien Geist gegeben."

Wieder hörten die beiden die Stimme, diesmal etwas verzweifelt.

„Hätte ich die Truma, das Parlament, oder den Bundestag fragen sollen? Ich war allein, im Nichts, und es war schon schwer genug, aus dem Nichts etwas zu entwickeln."

„Das ist doch mal eine Antwort, mit der wir etwas anfangen können, um es zu verstehen."

„Hast du das gehört, Isaak?"

„Was?"

„Das Grummeln. Es kommt von ihm."

„Na und, das kenne ich schon. Ab und zu benimmt er sich wie ein pubertierendes Gör, um dann wieder den wissenden Großvater zu mimen. Ich glaube, er muss was um die Ohren bekommen und dafür werden wir sorgen."

Das schelmische Lächeln konnte Lukas nicht mehr sehen, und die Stimme hörte nur Isaak.

„Werde nicht übermütig, Isaak, aber ganz unrecht hast du nicht."

Isaak unterließ eine weitere Bemerkung.

Ihnen wurden die Kabinen zugewiesen, und einige der Apostel spielten erst einmal mit dem elektronischen Türöffner. Isaak schaute sie lächelnd an und dachte bei sich, dass Gottvater doch recht hatte, wenn er sagte, dass es nur Kinder sind.

„Kommt, lasst uns die Abfahrt beobachten."

Sie stellten sich zu den anderen Passagieren ans Oberdeck und schauten mit großen Augen der Abfahrt dieses riesigen Schiffes zu. Die Sonne meinte es gut mit ihnen, aber Isaak blickte mit Besorgnis nach Westen, wo sich in der Ferne Wolkentürme aufbauten. Solange sie im Oslofjord waren, sollten sie sicher sein. Der Gottesbote informierte seine Freunde, wie sie sich beim Buffett zu benehmen hatten und schon ging es los.

Wieder war es so, dass die Jünger Jesus Tische zum Abendmahl zusammenstellen wollten. Aber Isaak hatte damit gerechnet und gegen ein kleines Aufgeld einen kleinen Salon bekommen, in dem die Tische angeschraubt waren.

„Meinst du nicht, Jesus, dass wir auf eine Sitzordnung verzichten können und das Abendmahl nicht an eine Sitzordnung gebunden ist?"

„Da gebe ich dir recht, Isaak, wir sitzen alle zusammen an einem runden Tisch und das ist gut so."

Zufrieden nahm Isaak die Apostel und zeigte ihnen das kalte Buffett. Aufmerksam schauten sie zu, wie Isaak Teile von den Tellern nahm. Als alle wieder saßen, erhob sich Isaak.

„Ich bin stolz auf euch, ihr lernt sehr schnell."

Was dann passierte, es war reines Chaos. Die Männer versuchten, mit Messer und Gabel zu essen. Was ihnen dank fehlender Übung nur unvollkommen gelang. Isaak schaute mit Entsetzen die Gruppe an, die wie eine Horde Wilder über das Essen herfiel, als das mit dem Messer und der Gabel nicht gelang. Jesus stieß ihn an.

„Isaak, was schaust du so entsetzt?"

„Sieh nur, wie sie essen."

„Sie haben es nicht gelernt, mit Messer und Gabel umzugehen."

Isaak, der sich berufen fühlte, einzugreifen, stand auf und wollte gerade zu sprechen ansetzen, als die Stimme Jesus´ sich in sein Ohr schlich.

„Isaak, woher kommt diese Fülle? Ich sehe die Leute, wie sie sich neue Teller voll mit Speisen holen. Was passiert mit den alten Speisen?"

„Sie werden weggeworfen."

Jesus schaute ihn entsetzt an.

„Geht es der Welt so gut?"

Isaak setzte sich wieder, holte sein I-Phone hervor und zeigte Jesus Bilder aus der Welt, in der die Menschen verhungerten.

„Das ist die wahre Welt, Jesus. Nicht das hier. Gottvater hat dich in ein reiches Land geschickt. Wir leben im Überfluss."

Jesus schob den Teller beiseite und weinte bitterlich. Petrus, der auf der anderen Seite des Tisches saß und gerade sein Glas Wein an die Lippen hob, stellte es wieder hin.

„Was ist mit dir, Jesus?"

„Isaak, zeige meinen Brüdern die Bilder."

Es war still geworden am Tisch. Jesus kniete nieder und fing an zu beten, seine Gefolgsleute, die die Bilder sahen, folgten ihm. Selbst Isaak, der keine Gebete kannte, kniete mit den anderen nieder. Die Ordonanzen, die neugierig durch die Glas-Tür schauten, schüttelten zuerst lachend mit dem Kopf, waren dann aber mit der auftretenden Situation überfordert. Nach geraumer Zeit stand Jesus auf, seine Jünger taten es ihm gleich.

„Räumt den Tisch, bringt frische Teller und ungesäuertes Brot und dazu Wasser. Wir wollen derer gedenken, denen es nicht so gut geht und so lange nur ungesäuertes Brot und Wasser trinken, bis alle genug zu Essen haben."

Isaak stieß ihn an und beugte sich zu Jesus.

„Jesus, meinst du nicht, du übertreibst etwas?"

„Wieso?"

„Na, gab es zu deiner Zeit keine Leute, denen es schlechter ging?"

„Schon."

„Und hast du bis zu deiner Kreuzigung gefastet?"

„Nein, aber..."

„Siehe, die Welt hat sich verändert. Wo es in deiner Zeit 25 Millionen Menschen gegeben hat, gibt es heute 8 Milliarden. Eine große Aufgabe, die dir Gottvater hat zuteil werden lassen. Nimm den Gästen des Schiffes ihr Essen und den Wein weg, dafür gib ihnen ungesäuertes Brot und den Wein, der vor 2000 Jahren getrunken worden ist."

„Ja und dann?"

„Mache es jetzt einfach."

Ohne dass Jesus mit der Wimper gezuckt hatte, veränderte sich das Bild des Buffetts. Aus Leckereien wurde ungesäuertes Brot und Fisch und aus den Getränken geschmackloser Wein. Erstaunt schauten sich Jesus und die Jünger an, was sich im Essenssaal abspielte. Schreiende Mütter, kreischende Kinder, maulende Jugendliche, hilflose Väter.

„Was ist passiert, Isaak?"

„Finde es heraus, Jesus. Gehe hin und frage sie."

Und Jesus ging. Als er wiederkam, schaute Isaak kurz von seinem Teller hoch.

„Du siehst etwas derangiert aus, Jesus."

„Wären meine Apostel nicht eingeschritten, hätten sie mich gesteinigt."

„Na, na, na Jesus. Übertreibe mal nicht. Auch so ein lieblicher Wesenszug des Menschen. Wir haben gar keine Steine hier an Bord."

„Was habe ich falsch gemacht, Isaak?"

Die Stimme von Jesus war kläglich.

„Ihr müsst euch an die heutige Zeit anpassen. Du kannst nicht mehr so reagieren wie vor 2000 Jahren. Der Mensch ist informierter geworden, aus Kindern wurden Erwachsene. Also behandele sie auch so. Schau dir Judas an, er hat es begriffen. Alles andere ist Diktatur, frage deinen Vater. Du bist der Steuermann, sie sind das Schiff. Du hast gesehen, was mit dem Steuermann passiert, wenn das Schiff einen Felsen schrammt."

„Aber ich verstehe nicht, wieso?"

„Wie erschuf Gott den Menschen?"

„Nach seinem Ebenbild."

Das Buffett veränderte sich wieder zu alten Formen, und im Speisesaal ging der Betrieb weiter, als wäre nichts passiert.

„Ich habe es verstanden, Isaak."

„Ich sehe es, mein Freund."

„Ich gehe in meine Kabine, ich muss nachdenken."

Isaak schlug ihm freundschaftlich auf die Schultern.

„Das tu, Jesus. Wenn du mich brauchst, ich bin auf dem Schiff."

„Ich weiß, Isaak, ich weiß."

Der Götterbote und die Jünger ließen es sich gut gehen, und Isaak nahm sich vor, die Apostel in das Geheimnis der Longdrinks einzuweihen. Nach dem Essen ließ Isaak eine Runde Aquavit kommen, die die Männer mit einem Zug nach unten stürzten. Isaak merkte die Veränderung sofort. Die Apostel wurden lockerer, und es ging schon einmal ein Scherz über den Tisch. Bartholomäus, der Isaak am nächsten saß, meinte: „Was war das für ein köstliches Getränk, Isaak?"

„Der Wein der Nordmänner, Bartholomäus. Aber lasst uns noch einen Gang über das Schiff machen, dann setzen wir uns in die Lounge und schauen der Vorführung zu."

„Was ist eine Vorführung, Isaak?"

„Du wirst es sehen, Petrus."

Am Oberdeck angekommen, schauten sie sich die Ausfahrt aus dem Oslo Fjord an. Vor allem die Fischer unter ihnen bekamen den Mund nicht mehr zu, wie das große Schiff zwischen den Felsen manövrierte. Noch immer schien die Sonne, aber langsam schlug ihnen der Wind böig ins Gesicht.

„Lasst uns hereingehen und die Vorführung genießen."

Sie kamen in der Lounge an. Einige Plätze waren zwar schon besetzt, aber sie konnten sich gute Sitze aussuchen. Isaak war gespannt, wie sie die Ausschnitte des Musicals „Rocky" aufnehmen würden. Auf der Bühne wurde noch fleißig gearbeitet.

„Was machen die da, Isaak?"

„Sie bereiten die Vorführung vor."

Die Bedienung kam an den Tisch.

„Was darf ich Ihnen zu trinken bringen?"

„14 Bloody Marie, mit etwas mehr Tabasco", bestellte Isaak den Aposteln.

„Oh, ihr habt schon Getränke mit dem Namen von Maria Magdalena?"

Es rutschte Isaak so heraus.

„Wenn Maria genauso scharf ist wie eine Bloody Marie, beantrage ich eine Namensänderung."

„Das verstehe ich nicht."

„War ein Insiderwitz, Jakobus. Mach dir keine Gedanken."

Die Getränke kamen. Isaak hob das Glas an und prostete den anderen zu. Begierig nahmen sie einen Zug aus dem Strohhalm. Die Stimme in Isaaks Kopf war eindringlich.

„War das nötig, Isaak?"

„Entschuldige, Herr. Wie soll ich ihnen etwas beibringen, wenn ich ihnen nicht alles beibringen darf?"

„Aber eine extra Portion Tabasco?"

„Na ja, ich mag ihn eben so. Außerdem weißt du nicht, wie er schmeckt."

„Wer sagt das denn? Meinst du, ich trinke keinen Alkohol, wenn ich auf der Erde bin?"

„Ach, du bist ab und zu auf der Erde."

„Ich muss doch inspizieren, was ich geschaffen habe."

„Machst du das so wie Zeus und Europa?"

Leichtes Hüsteln und eine kurze Pause entstanden. Isaak rettete die Situation.

„Der Gentleman genießt und schweigt."

In der Zeit, in der Isaak mit Gottvater kommunizierte, beobachtete er die Apostel, die verschiedenartig ihr Gesicht verzogen, aber tapfer tranken.

„Schmeckt es euch?"

Die Antworten waren nicht einstimmig.

„Ok, ich merke schon, das war die falsche Wahl. Dann steigen wir um."

Isaak rief erneut die Bedienung.

„Wodka Lemon."

Als das Getränk gebracht wurde, nippten die Apostel vorsichtig und ein verklärter Ausdruck machte die sonst so harten Gesichter weich.

„Na, Petrus, was sagst du?"

„Ich muss schon sagen, Isaak. Diese moderne Zeit hat etwas, was wir in Israel nicht kannten."

„So ist es. Der Mensch entwickelt sich weiter. Ob zum Guten oder Schlechten, das bestimmt er selbst."

Der Schalk trat in die Augen des Ersten Apostels.

„Aber man kann helfend eingreifen."

„Warum hat Gottvater das nicht eher gemacht?"

„Vielleicht war der Mensch noch nicht so weit und musste erst durch verschiedene Entwicklungsstufen, damit er begreift, wo er steht."

„Weise gesprochen, Simon Petrus. Aber lass uns auf die Vorstellung konzentrieren."

Isaak, der das Stück noch nicht kannte, war fasziniert von der Musik, während die Apostel eher einen gelangweilten Ausdruck in den Augen hatten. Als die Aufführung beendet war, schaute Isaak jeden Einzelnen an.

„Was hat euch nicht gefallen?"

Simon Kananäus, der Isaak gegenüber saß, bemerkte: „Da ist ja gar kein Blut geflossen."

Isaak schaute ihn erstaunt an.

„Wieso muss denn Blut fließen?"

„Die Römer, die veranstalteten immer Spiele, wo nachher der Zuschauer entscheiden konnte, ob der Gladiator überlebt. Hier ist es eine Geschichte, wo nur die Frau gewinnt. Und was sind Frauen denn wert?"

„Leise, Simon."

Aber es war schon zu spät. Die Damengruppe, die neben den Männern saß, hatte die letzte Bemerkung von Simon Kananäus mitgehört. Eine resolute, blonde, junge, gutaussehende, durchtrainierte, emanzipierte, freidenkende, naive Frau stand mit ihrem Longdrink Glas auf und goss es dem Apostel in den Nacken. Dazu setzte es eine schallende Ohrfeige. Petrus, der die Situation als Schnellster begriffen hatte: „Simon. Was sagt der Herr?"

„Wenn du die eine Wange hinhälst, dann halte auch die andere hin."

„Also."

Simon Kananäus drehte den Kopf und deutete der Frau an, auf die andere Wange zu schlagen. Diese nahm Gelegenheit sofort wahr und holte mächtig aus. Der Schlag traf Simon zwar vorbereitet, holte ihn aber trotzdem voll aus dem Sessel. Es gab tosenden Beifall der Damen vom anderen Tisch. Isaak half dem Apostel hoch, der sich das Kinn hielt.

„Was lernen wir daraus, Simon?"

„Ehre die Frau, denn sie ist gleichberechtigt und hat einen verdammt harten Schlag."

Wieder gab es tosenden Beifall vom Nachbartisch. Die junge Frau, die Simon geschlagen hatte, hielt sich die Hände vor den Mund.

„Entschuldigung, das wollte ich nicht, aber es überkam mich einfach so."

Petrus beugte sich zu Isaak.

„Da hatte wohl noch einer seine Finger im Spiel."

Isaak schaute ihn zweifelnd an.

„Das glaube ich nicht, Petrus. Die Frauen sind heute so. Zuerst machen sie, dann bereuen sie, um es dann wieder zu machen."

„Gottvater wusste schon, warum er den Mann als Ersten erschuf."

„Meinst du, da hat er schon an die Emanzipation der Frau gedacht?"

„Vielleicht war es das Emanzipations-Gen, was Gottvater ausprobiert hat."

„Dann ging das aber gründlich schief."

Die beiden schauten sich an, prusteten los und schlugen sich gegenseitig auf die Schultern. Vom anderen Tisch kam gleich eine Bemerkung: „Hey, ihr Komiker, was gibt es da zu lachen. Wir wollen Satisfaktion. Das kostet euch eine Runde."

Isaak, immer noch lachend, hob die Schultern.

„So Gott will."

Und bestellte. Die Sprecherin der Frauen kam mit einem Glas in der Hand, um die kleine Absperrung herum.

„Wenn ihr schon einen ausgebt, dann werden wir auch bei euch sitzen."

An Petrus gewandt, meinte sie: „Rück mal, Alter."

„Womit sie nicht ganz unrecht hat."

Diesmal lachten alle Gefolgsleute des Herren, und die Frauen verfolgten es mit Stirnrunzeln. Die junge Frau, die Simon Kananäus geschlagen hatte, saß schon neben ihm und kühlte seine Wange, dabei fiel ganz zufällig die andere Hand um seine Schulter. Es hatte den Anschein, als würde es Simon gefallen und der Betrachter hätte glauben können, dass der Herr seine Hände im Spiel hatte, denn jeder bekam eine der jungen Frauen ab, außer Isaak, der ein wachsames Auge auf seine Freunde hatte.

Nachdenklich schaute er auf sein Glas. Die Flüssigkeit, die im Glas war, schlug von einer Glasseite zur anderen, nicht viel, aber so, dass man es merkte. Er sah aus dem Fenster, und die zunehmende Helligkeit von Blitzen zeigte ihm den Horizont. Isaak, der das Szenario kannte, verabschiedete sich von Petrus.

„Ich gehe ins Bett, Petrus."

„Wir bleiben noch etwas, mein Freund."

Beide Männer nickten sich zu, und Isaak stand auf. Sie hatten Mitschiffs gesessen und das Kränken des Schiffes nicht so gemerkt. Aber je weiter er nach Backbord kam, umso instabiler wurde sein Gang. Sich an der Wand festhaltend, hangelte er sich in die Kabine, in der auch Jesus schlief. Er legte sich hin und fiel sofort in einen unruhigen Schlaf, wobei er Sachen sah, die ihn beunruhigten. Durchgeschwitzt wachte er auf, als es wie verrückt an der Tür klopfte. Jesus schlief immer noch, und Isaak wurde das Gefühl nicht los, dass etwas fehlte. Er stand auf, ohne das Licht anzumachen, denn die Blitze erleuchteten das Innerer der Kabine so, dass er kein Licht anmachen brauchte. Er öffnete die Tür und flüsterte. Vor ihm standen Thomas und Matthäus, total durchnässt.

„Was ist los, warum nehmt ihr nicht die Schlüsselkarten?"

„Simon und Andreas haben sie, sie sind über Bord gefallen, und der Motor der Maschine ist ausgefallen. Wir treiben auf ein anderes Schiff zu und müssen Jesus wecken."

Isaak drehte sich um, schnappte seine Hose und weckte Jesus, der erstaunt aufwachte. „Was seid ihr so furchtsam?" Dabei schaute er Thomas und Matthäus an.

„Habe ich euch nicht beigebracht zu glauben?"

Thomas und Matthäus gingen nicht auf die Frage ein.

„Petrus und Andreas sind über Bord gefallen."

„Sie haben wieder getrunken?"

Jesus zog seine Jeans an und folgte den beiden Aposteln. Isaak, sein Hemd überziehend, lief hinterher. Auf Deck acht angekommen, schlug ihnen der Wind und der Regen entgegen. Die Matrosen versuchten, ein Rettungsboot abzufieren, aber die Mechanik versagte. Das Deck war voll mit Menschen, die nach den Gestürzten Ausschau hielten. Jesus nur mit der Hose bekleidet, bahnte sich mit nacktem Oberkörper einen Weg zur Reling. Die bewundernden Blicke der Frauen hingen auf seinem durchtrainierten Body. Er stand direkt neben der Gruppe junger Frauen, die mit den Aposteln gefeiert hatten. Auch sie waren vom Regen durchnässt, und die Tops klebten an ihren wohlgeformten Körpern. Bevor sich Jesus seinen Aposteln widmete, streifte ein anerkennender Blick die Frauen. An seine Gefolgschaft gewandt, sagte er: „Ihr wisst, was zu tun ist?"

Sofort fielen seine Jünger auf die Knie und beteten. Ein Blick streifte Judas, der neben Isaak stand.

„Warum du nicht, Judas?"

„Ich weiß doch, was jetzt abläuft. Warum soll ich dann beten."

„Siehst du, Isaak, er glaubt."

Jesus drehte sich zur Reling. Judas stieß Isaak an und sprach hinter vorgehaltener Hand: „Ich glaube nicht nur, ich weiß es."

„Was war das denn jetzt?"

„Nicht so eilig, Isaak. Schau, jetzt wirft er sich in Pose und jetzt kommt der Stunt."

Wie Judas vorhergesagt hatte, warf sich Jesus noch einmal in die Brust und sprang elegant über die Reling. Ein Aufschrei ging durch die Menge, als er 6 Stockwerke tiefer auf dem Wasser ankam. Kein Tropfen netzte seine nackten Füße, als er gebückt, auf einem Knie aufgestützt, den Blick gesenkt, lässig aufstand.

Sofort glättete sich das Wasser, und die Wellen verebneten, der Sturm ließ nach. Der gebräunte und trainierte Körper

Jesus stand einsam auf dem Wasser leuchtete im Licht der vielen Blitze. Übernatürlich schön erschien der Moment dem Betrachter. Wie der Mann zwischen den Schiffen kniete und zu überlegen schien. Ohne sich um das abtreibende Schiff zu kümmern, ging er zu Petrus und Andreas, die sich mühten, nicht unterzugehen. Auch das heranfahrende Schiff, das auf dem Weg nach Oslo war, beanspruchte nicht seine Aufmerksamkeit.

Judas und Isaak waren mittlerweile an die Reling getreten. Isaak zu Judas gebeugt.

„Sieht er das herankommende Schiff nicht?"

„Pass auf. Show total. Das macht ihm nicht einmal Houdini nach."

Jesus half Petrus und dessen Bruder auf festes Terrain.

„Geht zum Schiff."

Kleinlaut und total durchnässt trotteten die beiden zum sich immer weiter entfernenden Schiff, das immer noch mit Motorschaden dahintrieb. In einiger Entfernung von Jesus fingen die beiden wieder an zu sinken.

„Herr, rette uns."

Isaak schaute Judas irritiert an, der Petrus und Jesus nachmachte.

„Jetzt streckt er die Hand aus und sagt, `kleingläubiger, warum zweifelst du`?"

Isaak hörte genau hin, und so war es.

„Judas, woher weißt du?"

„Ich kenne die Chorgeographie. Außerdem gehört das alles zum großen Plan von dem da oben."

Dabei deutete er gegen den Himmel, der aufriss und einen leuchtenden Mond zeigte. Der Sturm hatte sich gelegt, und Jesus stand immer noch da. Diesmal den Blick auf das herannahende Schiff gerichtet. Isaak sah, dass er sprach.

„Mit wem spricht er, Judas?"

„Dreimal darfst du raten."

„Mit Gottvater."

„Daneben."

Jesus stand wie ein Baum, eine Hand in Richtung Schiff gerichtet. Langsam änderte der Dampfer seinen Kurs und rauschte um Haaresbreite an dem Erlöser vorbei.

„Na, Luzi, das ging ja wohl daneben."

„Da habe ich am Wenigsten mit zu tun, Jesus."

„Na?"

„Ehrlich, frag mal deinen Alten."

„Pa?"

„Hmm. Ja, Sohn."

„Was hast du damit zu tun?"

„Wenn du mich so fragst, am liebsten nichts. Ehrlich frage Luzi."

„Onkel Luzi?"

„Wir müssen unbedingt kommunizieren, Väterchen."

Eine Zornesfalte legte sich auf die Stirn des Erlösers.

„Was habt ihr beiden damit zu tun?"

Ein kleiner Moment des Schweigens trat ein. Jesus drängte nicht. Schließlich antwortete Gottvater: „Ja, das war mehr eine Kooperationsarbeit. Wir wollten deine Reaktionszeit austesten, weil die für weitere Aufgaben relevant ist."

„Und habe ich bestanden?"

„Mit eins, mein Sohn", kam die selbstgefällige Antwort von Gottvater. Jesus stellte sich, die Hände in die Hüften gestützt, auf das harte Wasser **(Der Leser meint jetzt natürlich Eis, aber ich kann ihn beruhigen. Bei 20° plus, ändert sich der Aggregatzustand von fließendem Wasser nicht in Eis. Es wird schon etwas anderes sein. Wir denken, dass Jesus mit der Quantenphysik in Verbindung steht. Was natürlich ein ganz anderes Licht auf die Situation wirft. Wir lassen die Wissenschaft mal aus dem Programm heraus und glauben einfach).**

„Wie viele Mal habe ich dir schon gesagt, du sollst dich aus meinem Leben heraushalten, Väterchen?"

Die Stimme wurde leicht schrill.

„Und? Hast du es? Nein, hast du natürlich nicht, weil der Herr ja alles besser weiß. Weil ich ja erst 2000 Jahre alt bin und du dich in alles einmischen musst."

Auf dem Schiff stieß Isaak Judas an und fragte: „Was läuft denn da unten ab, Judas?"

„Er hat Streit mit seinem Alten. Er hat ihm immer noch nicht verziehen, dass die Menschen ihn ans Kreuz genagelt haben. Väterchen hat da maßgeblich die Hände im Spiel."

„Und du!"

„War das eine Frage?"

„Siehst du ein Fragezeichen?"

„Woher weißt du?"

„Hat mir ein Vögelchen gezwitschert. Aber nein. Ich zähle eins und eins zusammen. Keiner der Apostel hat so viel Sonderzuwendung wie du. Du hattest mit dem Alten einen Deal, der dir 2000 Jahre Zwangsarbeit eingebracht hat und jetzt holst du deinen Lohn ab."

Judas hob den Finger an den Mund.

„Psst, nicht so laut. Ich habe ihm damals gesagt, er solle das nicht tun. Aber Junior hat recht, er mischt sich in alles ein."

„So, wie ich dich einschätze, hast du ihm doch einen Vorschlag unterbreitet."

„Habe ich auch."

„Lass hören."

„Schau ihn dir an, ein Kerl wie ein Baum. Die Weiber sind hinter ihm her, wie der Teufel hinter der Seele."

„Ja, du hast mich gerufen."

„Verschwinde aus meinem Kopf, Luzi." Isaak tippte sich mit dem Zeigefinger an den Schädel. Judas nickte nur.

„Genau, Isaak, himmlischer und teuflischer NSA. Alles dieselben Wichser. Auf jeden Fall."

Hier unterbrach Isaak ihn.

„Er ist noch Jungfrau?"

„Genau. Mein Vorschlag war, er solle mal eine Nacht mit einer Frau verbringen. Es war alles arrangiert. Aber der Alte wollte nicht. Jetzt ist er über 2000 Jahre alt und immer noch Jungfrau, und ich sage dir, er baut jede Nacht ein Zelt."

„Dann will er also jetzt die Möglichkeit wahrnehmen, eine Frau zu finden, um Kinder zu zeugen? Mag er da oben keine Kinder?"

„Das schon, aber besser andere machen sie, und außerdem ist er unwahrscheinlich träge geworden. Er kommt nicht in die Hufe."

„Du hast mich schon wieder gerufen, Judas?"

„Euer Abhördienst soll nicht auf jedes Wort reagieren, was ich sage. Das nennt man fine Adjust, du Idiot."

„Hey, hey, hey. Wie sprichst du zu mir?"

„Wie ich seit 2000 Jahren mit dir spreche."

„Die sind wohl immer dabei?", bemerkte Isaak kurz.

„Das schon, aber sie verstehen nicht, wie hier unten gesprochen wird. Du verstehst?"

„Nein."

„Isaak. Zum Beispiel das Wort abhängen. Da können die nichts mit anfangen. Noch ein Wort, chillen. Aber wir sind vom Thema abgekommen. Der Alte will noch einmal die Auferstehung, der Junge nicht. Wie soll es noch funktionieren. Kreuzigen ist ja wohl nicht mehr. Der Junge sucht einen neuen Weg, aber er weiß noch nicht, wie er das Ei legen soll."

„Dürfte doch für Gottvater ein Leichtes sein. Die Kristallkugel und etwas in die Zukunft schauen."

Judas wand sich.

„Jaaaa, wenn da nicht der Heilige Geist wäre."

„An den habe ich ja gar nicht gedacht, die Dreifaltigkeit. Gottvater, Gott Sohn und Gott Heiliger Geist."

Judas sah den Götterboten fasst mitleidig an: „Dreifaltigkeit? Die Dreifaltigkeit sieht etwas anders aus. Du darfst nicht vergessen, dass da oben ist ein

Familienunternehmen. Die Dreifaltigkeit sieht so aus, Heilige Geist, Gottvater und Luzi. Was dann wieder ein ganz anderes Bild gibt. Dabei kommt mir der Spruch von Goethe in den Sinn: „Die Geister, die ich rief, die werd ich nie mehr los."

„Was ist jetzt mit dem Heiligen Geist und der Zukunft?"

„Oberste Direktive, Verschlusssache für alle. Der Boss der Bosse, selbst Väterchen kommt da nicht ran."

Die Diskussion auf dem Wasser war mittlerweile durch, und Jesus stapfte auf das Schiff zu, das jetzt wie fest betoniert in der Meeresströmung stand. Petrus und Andreas standen noch an der Reling und trockneten sich ab, als Jesus das Schiff enterte. Der Kapitän wollte schon ein paar Worte sagen, wurde von ihm aber barsch unterbrochen.

„Nicht jetzt Käpt'n. Ich muss noch in die Maschine."

Die Augen der Frauen hingen an seinem perfekten Körper, und die Männer machten ihm bereitwillig Platz.

An seine Apostel gewandt, sagte er: „Wenn ich mit der Maschine fertig bin, treffen wir uns alle zum Brain storming im Salon."

Wie unter Peitschenhieben zuckten die Apostel zusammen. Judas wandte sich Isaak zu und meinte: „Das ist mal ´ne Führungspersönlichkeit, gelle. Gib mir fünf."

Isaak schlug ein, und in seinem und Judas Kopf ertönte voll Stolz eine Stimme.

„Mein Sohn und das alles in 2000 Jahren."

„Angeber."

Den Schlag konnte Judas nicht kommen sehen, er stolperte nach vorne.

„Du hast recht, Judas", kam die Stimme von Väterchen.

„Ist er öfters so, Judas?"

„Nicht oft, aber manchmal. Kommt auf seinen biologischen Rhythmus an."

Beide lachten. Der Kapitän kam zu den beiden.

„Harter Hund?"

„So Gott will."

Wieder lachten sie, und der Kapitän schüttelte mit dem Kopf.

„Habe ich etwas Falsches gesagt?"

„Nein, Käpt'n, nur Ihre Bemerkung passte in unsere Unterhaltung."

Das Sprechfunkgerät des Kapitäns sprang an.

„Hier Maschine. Käpt'n?"

„Ja, am Rohr."

„Was haben Sie uns da für einen Wahnsinnigen heruntergeschickt? Der spricht mit der Maschine."

„Machst du das nicht, wenn etwas nicht funktioniert?"

„Schon, aber bei dem scheint sie zuzuhören."

„Was macht er denn?"

„Er hantiert an der Spritzzufuhr und den Ölfiltern, jetzt kommt er zu mir. Kleinen Moment, Käpt'n."

Isaak und Judas hörten mit. Ein kurzes Rauschen war in der Leitung.

„Kapitän?"

„Wer ist am anderen Ende?"

„Du darfst Jesus zu mir sagen. Befehlen Sie ihrem Ersten, dass er die Maschine anwerfen soll. Ich komme jetzt hoch."

„Funktioniert sie denn?"

Aber die Verbindung war schon unterbrochen. Isaak stieß den Kapitän an.

„Machen Sie einfach."

„Wer ist der Kerl?"

„Noch nie etwas von Jesus gehört?"

„Erster."

„Ja, Käpt'n."

„Sven, schmeiß die Maschine an."

„Aber..."

„Schmeiß sie endlich an, wir müssen Zeit aufholen."

Ein leichtes Rumoren ging durch den Schiffsrumpf, als die Maschinen starteten.

„Und Sven, was bekommst du für Informationen aus dem Maschinenraum?"

„Maschine ist wie neu, Käpt'n."

„Ok, alten Kurs und leg einen Zahn zu."

Judas stieß Isaak an und nickte in eine Richtung. Isaak folgte seinem Blick. Die Tür zum Maschinenraum war aufgegangen und Jesus kam heraus. Den Oberkörper verschwitzt und ölverschmiert, kam er mit wiegenden Schritten auf die kleine Gruppe zu. Die Menschenmenge stand immer noch an Deck und die Frauengruppe, die die Apostel kennengelernt hatten, gaben nicht zu artikulierende Töne von sich, als sie ihn sahen. Eine ältere Dame neben ihnen fiel in Ohnmacht. Jesus beugte sich zu ihr, sprach mit ihr ein paar Worte und half ihr hoch.

Eine Woche später, im Vatikan

Ein uralter, humpelnder, schlecht sehender und schlecht hörender, gebeugt gehender Mönch reinigte die Sixtinische Kapelle. Als er mit der Reinigung fertig war, setzte er sich in die erste Reihe, um ein stilles Gebet zu sprechen.

Da er sowieso schlecht hörte, bemerkt er die Stille nicht, die ihn umgab. Ein lüsternes Lächeln umspielte seine Mundwinkel, und dem Betrachter kam es so vor, als würde er doch nicht so schlecht sehen, denn Einauge, so wurde er auch von seinen Kollegen genannt, umspielten die nackten Brüste Maria Magdalenas. Der Betrachter bekam rote Ohren, als er sah, dass der Mönch eine Hand unter der Kutte hatte und verzweifelt nach etwas suchte. Ein kalter Luftzug ließ ihn erschaudern, und auch seine zweite Hand verschwand unter der Kutte. Die Luft anhaltend, lief sein Gesicht puterrot an, so dass der Betrachter das Gefühl hatte, einschreiten zu müssen. Als ein wollüstiges Stöhnen über seine Lippen kam und er die Luft, wie aus einem Dampfkessel, mit den Worten, abließ: „Na, Gott sei Dank."

Der Betrachter konnte nicht weiter hinsehen und wandte sich erschüttert ab. Na ja, der Betrachter war Moslem.

Mit diesen Worten nahm er ein Papiertaschentuch unter seiner Kutte hervor und nieste laut hinein. Verschmitzt lächelnd, stand er auf, nahm seinen Besen und wollte sich gerade abwenden, als eine Stimme in seinem Kopf zu hören war. Leise und einschmeichelnd kamen die Worte dort an.

„Bruder Bartholomäus."

„Wer ruft mich?"

Der Pater drehte sich um und schaute, ob noch jemand in der Sixtinischen Kapelle war, aber diese war leer.

„Bruder Bartholomäus."

„Verdammt, wer ruft mich da?"

„Das höre ich gerne, Bruder, ich bin es, dein Hirte."

Im Himmel

Väterchen sitzt in seinem Ohrensessel und schaut verträumt auf das kleine Schleswig-Holstein. Jesus und seine Freunde waren in Flensburg angekommen und machten sich mit der Stadt vertraut. Gerade saßen sie zusammen am Hafen und genossen die Aussicht auf die Flensburger Förde, als Maria Magdalena hereinstürmte.

„Väterchen, schalte mal um auf den Vatikan."

Mit einem Stöhnen und einem Augenaufschlag antwortete der Allmächtige: „Wieder Bruder Bartholomäus?"

„Ja, genau der. Ich verlange, dass er bald ins Reich geholt wird. Ich kann sie nicht mehr ertragen, diese lüsternen Blicke auf meinem Körper, wie er mich mit Blicken auszieht."

„Maria ertrage es, der Junge hat Geschmack. Außerdem hast du sowieso nichts an."

„Bin ich wirklich so dick wie dieses dämliche Abziehbild von mir in der Kapelle?"

„Nein, natürlich nicht."

„Versuche mich nicht zu besänftigen, Väterchen."

Gottvater versuchte, Maria mit seinen gichtigen Fingern zu greifen.

„Komm her und beruhige dich."

„Ich will mich nicht beruhigen, nicht, solange der da unten ist."

Väterchen hatte inzwischen umgeschaltet und hörte noch die letzten Worte, die ein Unbekannter an Bruder Bartholomäus richtete.

Die Stimme, die Maria jetzt hörte, ließ keinen Widerspruch zu.

„Maria, ich möchte alleine sein."

„Aber, Väterchen, warum bist du auf einmal so empfindlich und warum hast du so große Augen."

Gottvater schaute sie irritiert an und schnippte mit dem Finger, worauf Maria verschwand. Zu sich selbst sprach er dann: „Ach, ist das schön. Ich überlege, es jedem Mann auf der Welt zu schenken, dieses Schnippen. Aber nun zu unserem Bruder Bartholomäus."

Bartholomäus, der immer noch erstaunt um sich schaute, um den Sprecher zu finden, rief in die Kapelle: „Zeig dich, Bruder, ich bin zu alt für solche Spielchen."

Die Stimme war weich und eindringlich.

„Bruder Bartholomäus, ich bin es, dein Hirte."

„Wenn du mein Herr und Hirte bist, sag mir ein Ereignis, welches nur ich kenne."

„Du willst mich auf die Probe stellen? Aber so sei es. Als du in dein erstes Priesteramt berufen wurdest und in dem einsamen Bergdorf in Österreich deine Lenden anfingen zu pochen, was hast du der Tochter vom Almbauern Martin versprochen?"

„Genug, genug, ich glaube dir."

„Es geht doch."

„Was sagtest du?"

„Ach, nichts."

„Was willst du, Herr?"

„Morgen wird ein Mann zu dir kommen, der sich Gestas nennt. Du bringst ihn zu Kardinal Adolfo de Angelis. Nur das ist deine Aufgabe."

„Zu Adolfo de Angelis, dem Schächer (Verbrecher). Was bekomme ich, wenn ich das erledige?"

Die Stimme wurde drohend.

„Du willst mit mir handeln?"

Keck antwortete Bruder Bartholomäus: „Herr, was habe ich noch zu erwarten? Sehen kann ich nicht, hören kann ich nicht, und ich bin alt."

„Was willst du, sprich."

„Sehen und hören wie ein Junger. Damit ich die schönen Bilder der Sixtinischen Kapelle noch einmal sehen kann."

„So sei es, Mönch."

Gottvater kratzte sich am Kinn.

„Sieh an, sieh an, Gestas, der Zweite, der aus dem Kraftwerk entkommen ist."

Liebe Leser, Sie fragen sich natürlich, wer Gestas ist. Einer der beiden Schächer, der neben Jesus ans Kreuz gehängt wurde und ihn dann noch schmähte.

Die Hand auf das Kinn gestützt, dachte Gottvater nach und sprach leise vor sich hin.

„Dann wusste Luzi, dass ich Judas geholfen habe. Wo mag die undichte Stelle sein, und wer hat ihm ermöglicht, in der Kapelle aufzutreten? Dabei ist es nur für autorisiertes Personal des Himmels erlaubt."

Es klopfte an die Tür. Gottvater machte eine Fingerbewegung, und ein anderes Programm erschien.

„Herein."

Luzi kam herein.

„Hallo, Luzi, wir haben uns ja lange nicht gesehen."

„Hallo, Väterchen."

„Komm, setz dich."

Gottvater schnippte mit dem Finger, und Maria erschien wieder. Bevor sie etwas sagen konnte, bestellte er: „Liebe Maria, bring uns bitte einen guten Tropfen. Gelle, Luzi, im Wein liegt die Wahrheit."

„Du sagst es, Väterchen."

„Was kann ich für dich tun, Luzi?"

„In der Tat, ich habe einen Wunsch."

„Du bist doch auch in der Lage, Ungewöhnliches zu vollbringen."

„Das schon, aber bei manchen Sachen sind mir die Hände gebunden."

„Das hat ja seinen Grund. Du erinnerst dich?"

„Ja, Väterchen."

„Lass hören."

„Ich möchte ehrlich sein."

„Entschuldige mich, wenn ich dich unterbreche. Fällt es dir schwer?"

Luzi druckste herum.

„Du brauchst nicht zu antworten, du würdest mich belügen. Na, komm, heraus mit der Sprache."

„Du hast doch die Allgewalt über das Kirchenpersonal und Adolfo de Angelis?"

„Ja, und was ist mit dem Schächer?"

„Mir ist zu Ohren gekommen, dass die Uhr des Mannes demnächst abgelaufen ist. Könntest du ihn noch eine Zeit lang unter den Lebenden weilen lassen?"

„Geschäfte?"

„Wichtige Geschäfte."

Maria kam wieder herein. Drei Gläser und eine Karaffe Wein in der Hand.

„Danke, Maria. Könntest du bitte den Verwaltungsmann für innerkirchliche Angelegenheiten rufen."

Muffelnd ging Maria wieder hinaus, um die Bitte des Herrn in die Tat umzusetzen. Die beiden schauten sich in der Zeit Jesus und die Apostel an, die mit Isaak Pläne schmiedeten.

„Ist das nicht ein klasse Junge und so selbstständig?"

„Ja, Väterchen."

Luzi versuchte, nicht genervt zu klingen. Es klopfte.

„Herein."

Die Tür ging auf, und der Verwalter kam herein. Luzi riss entsetzt die Augen auf.

„Der? Der untreue Verwalter. Den hast du in den Himmel geholt."

„Luzi, Leistung muss belohnt werden. Für mich arbeiten nur die Besten. Trag dem Verwalter deine Bitten vor."

Luzi tat wie ihm geheißen, und der Mann hörte geduldig zu.

„Verwalter, können wir das machen, ohne uns zu weit aus dem Fenster zu lehnen?"

„Aber sicher, Gottvater, es ist ja einer der Kandidaten aus dem Vatikan, die sowieso, nachdem sie einige Jahrtausende im Kraftwerk zu schmoren haben, zu dir ins Reich kommen. So kann er sich auf der Erde läutern. Dass würde ihm ein paar Jahrhunderte ersparen. Da sehe ich keine Probleme. Es sind halt einige Anträge auszufüllen, dazu noch ein himmlisches Führungszeugnis. Außerdem muss Gevatter Tod informiert werden. Das ist wohl die größte Hürde. Er hat einen festen Arbeitsplan."

„Ist doch Scheiße, Väterchen, dann bekomme ich nie die Genehmigung."

Gottvater schaute den Verwalter gönnerhaft an.

„Können wir auf das Führungszeugnis verzichten, Verwalter und mit dem Fährmann rede ich?"

„Aber sicher doch, Väterchen, aber du musst den Zettel unterschreiben."

Der Verwalter legte ihm einen Zettel hin. Gottvater unterschrieb.

„An was für einen Zeitraum hast du bei dem Kardinal gedacht, Luzi?"

„Ein Erdenjahr."

Der Verwalter schaute geschäftig.

„Ein Jahr. Bei einem Jahr kommen noch zwei oder drei weitere Anträge dazu. So genannte Überlebensanträge. Der einfache, der verlängerte und der Ein-Jahres-Antrag."

Gottvater, der amüsiert das Gesicht des Höllischen betrachtete:

„Verwalter, was sagt der Finanzverwalter dazu?"

„Ich weiß nur so viel, Väterchen, dass, wenn keine Gelder fließen, es als geldwerter Vorteil ausgelegt werden kann."

„Wer weiß darüber Bescheid?"

„Der Eunuch, Gottvater."

„Du meinst den Äthiopier?"

„Ja."

„Das ist gut. Er schuldet mir noch einen Gefallen. Informiere ihn."

„Wie ihr wollt, Väterchen."

„Siehst du, Luzi, läuft doch wie geschmiert."

„Und die ganzen Anträge?"

„Was fragst du? Die füllst du aus und reichst sie dem Verwalter herein."

„Und wie lange dauert die Genehmigung?"

Gottvater zuckte mit den Schultern.

„Wie kann ich das beschleunigen?"

Väterchen machte das berühmte Zeichen, indem er Zeigefinger und Daumen aneinander rieb.

„An wen?"

Diesmal zeigte der Allmächtige auf sich.

„Wie viel?"

„Kann ich noch nicht sagen, ist ja schließlich eine hochkomplizierte Sache."

Luzis Stimme wurde drängender.

„Wie viel? Ich zahle jeden Preis."

„Müssen ja dolle Geschäfte sein?"

„Nie sollst du mich befragen."

„Luzi, wo holst du das her? Das war Lohengrin von Richard."

Jetzt fing Gottvater an zu rezitieren:

„Nie sollst du mich befragen,
noch Wissens Sorge tragen,
woher ich kam der Fahrt,
noch wie mein Nam' und Art."

Es kommt zum Zweikampf. Der Unbekannte gewinnt und schenkt Talram sein Leben, mit den Worten:

„Durch Gottes Sieg ist jetzt dein Leben mein,
ich schenk es dir, mögst du der Reu' es weih'n."

Ich liebe es, Luzi, und so passend. Wir reden über den Preis, wenn das Geschäft getätigt ist."

Die letzten Worte waren hart und unnachgiebig."

„Danke, Väterchen."

„So sei es. Geh zum Verwalter und hole dir die Genehmigung ab."

Gottvater machte eine seiner geringschätzige Handbewegung des Verschwindens und gähnte herzhaft.

„Geh, ich bin müde."

Sich verbeugend, ging der Teufel nach draußen. Dort rieb er sich die Hände und lachte teuflisch.

„Das lief ja besser als gedacht. Wenn ich mit dir fertig bin, Alter, dann bin ich der Chef im Hause Himmel und du rezitierst mir Lohengrin."

Gottvater, der auf Außenkamera gestellt hatte, sah den Teufel sich die Hände reiben und hörte seine Worte. Er nahm einen Schluck vom Wein und lächelte himmlisch.

„Du Lümmel. Dir werde ich zeigen, wo Thors Hammer hängt."

Ohne Überschrift

Jesus, seine Apostel und Isaak saßen am Hafen von Flensburg und unterhielten sich intensiv. Nur Judas stand etwas abseits mit einem fein gekleideten Mann. Sie sprachen leise miteinander, und Judas tippte dabei wild in seinen neu erworbenen Laptop. Isaak drehte sich zu ihm.

„Los, Judas, setzt dich zu uns. Bring die Bekanntschaft ruhig mit."

„Gleich, Isaak."

„Was machst du denn da überhaupt?"

„Ich fülle die Töpfe für unsere Zukunft."

Isaak drehte sich zu Jesus.

„War er schon immer so rührig?"

„Ja, Isaak, wie würdet ihr sagen? Ein geborener, sozialer Geschäftsmann."

„Was ist das denn, ein geborener, sozialer Geschäftsmann?"

„Du wirst es sehen. Wenn er mit seinen Transaktionen fertig ist, wird er alles uns und den Armen geben."

„Da habe ich bis jetzt noch nichts von gesehen."

„Warte, Geduld ist eine Tugend."

Die Kiste einheimisches Bier, die in ihrer Mitte stand, wurde noch von dem dampfenden Grill vervollständigt. Bewundernde Blicke von hübschen Flensburger Mädchen streichelten die Körper der Männer. Es dauerte auch nicht lange, und die ersten Kontakte waren geknüpft. Die Gruppe wurde immer größer, und Gottes Sohn schaute mit Wohlgefallen auf die Leute, die ihn umringten. Für alle war genug zu trinken und zu essen da. Isaak schaute belustigt auf den Sohn Gottvaters.

„Wieder eins deiner Wunder, Jesus?"

Der junge Mann lächelte zurück.

„Isaak, ich frage mich, was für einen Narren mein Vater an dir gefressen hat? Du bist nämlich manchmal sehr ungläubig."

„Ich weiß nicht, ob es mit Unglauben zu tun hat, wenn ich als moderner Mensch versuche, eine Brücke zwischen deinem ersten Leben auf der Erde und dem Jetzt zu schlagen."

„Dann bist du ein Zweifler?"

„Auch das nicht. Ich bin neugierig, wie du und deine Apostel Wunder verkaufen werden. Vor 2000 Jahren war das kein Problem, da waren die Menschen unaufgeklärt und nicht informiert. Heute dagegen wirst du bewundert und wieder vergessen."

„Isaak, wir verkaufen keine Wunder, und die Apostel sind meine Freunde. Die Wunder, sie entstehen durch meinen oder deinen Glauben. Sieh dir die Frau an dem Automaten an. Sie hat kein Kleingeld, um die Parkuhr zu füttern. Gleich kommt sie zu uns. Aber wir haben alle kein Kleingeld. Ich werde sehen, ob ich ihr helfen kann."

Isaak beobachtete die junge Frau, die wirklich zu der immer größeren Gruppe kam und Jesus ansprach.

„Entschuldigen Sie, haben Sie etwas Kleingeld für die Parkuhr."

Jesus schaute ihr in die Augen, und es war Isaak, als würde die Zeit stehen bleiben. Es war das erste Mal, dass der Götterbote sah, wie Jesus unsicher wurde und wieder hörte er die Stimme des Herrn in seinem Kopf.

„Was war das denn jetzt, Isaak?"

„Väterchen, du meldest dich nach langer Zeit wieder?"

„Lass das jetzt, die Zeiten stehen wirklich auf Sturm. Hast du das auch schon gemerkt?"

„Was soll ich gemerkt haben?"

„Die Zeit ist gestolpert."

„Das habe ich auch gemerkt."

„Hmm."

„Darf ich helfen?"

„Bitte."

„Schau dir deinen Sohn an."

„Ja und, er schaut ein bisschen blöd."

„Schau dir das Mädel an."

„Die? Das ist ja eine Schwarze."

„Darf ich dir einen Rat geben?"

„Bitte."

„Misch dich nicht ein."

„Mit wem unterhältst du dich, Isaak?"

„Kontrollierst du meine Gedanken, Jesus?"

„Manchmal."

„Sehr nett, und ich habe deinem Vater gerade gesagt, er soll sich nicht einmischen."

„Oh, danke und hört er darauf?"

„Ich weiß es nicht."

Jesus konzentrierte sich wieder auf die junge Frau.

„Was sagten Sie?"

Auch die junge Frau kam zurück aus ihrer Starre.

„Ähem, haben Sie etwas Kleingeld für die Parkuhr?"

„Leider nicht. Aber gehen Sie zu dem Angler, und fangen Sie einen Fisch. Er wird Ihnen Kleingeld bringen."

Petrus beugte sich zu Isaak.

„Eine seiner besten, Isaak, schau es dir genau an."

Judas war von seinem Gespräch hochgeschreckt und winkte Isaak zu sich. Isaak stand auf und ging zu dem Gnom.

„Was ist, Judas?"

„Du erinnerst dich an unser Gespräch. Heute ist es soweit."

„Was ist soweit?"

„Heute verliert er seine 2000 Jahre alte Unschuld und das geilste, keiner kann es verhindern."

„Was flüstert ihr beiden?"

„Nichts, Gottvater, wir besprechen nur, was passiert."

„Judas, du weißt doch, was passiert. Sie fängt einen Fisch, und der hat im Maul Kleingeld für die Parkuhr."

„Dann beobachte mal richtig, Väterchen."

Die Stimmlage erhöhte sich.

„Was passiert da mit meinem Sohn? Er ist wie in Trance."

„Väterchen, es hat der Blitz bei ihm eingeschlagen."

„Blitz?"

„Er ist verliebt. Liebe auf den ersten Blick."

„Liebe, Liebe mit einer Schwarzen, was soll ich machen? Das war nicht vorgesehen."

Isaak und Judas stießen sich an und lächelten, dabei hörten sie nicht mehr auf den alten Mann, der losjammerte, sondern sahen mit Vergnügen auf das ungelenke Benehmen der beiden jungen Leute. Jesus nahm die junge Frau am Arm und führte sie zu dem Angler, der auf der Mole saß. Er stieß den Mann an.

„Hallo, mein Freund, dürfte die junge Frau einmal ihre Angel haben."

„Der Mann schaute hoch."

„Es sind keine Fische da."

„Lassen sie es uns nur einmal versuchen."

„Bitte, kein Problem."

Die junge Frau schaute Jesus an und schüttelte mit dem Kopf, ging aber zu dem Angler.

„Das ist ja wohl die abgefahrenste Anmache, die mir je untergekommen ist. Ich will gar nicht angeln. Außerdem habe ich keine Lust, und meine Mutter hat gesagt, dass ich mich nicht von Männern ansprechen lassen soll."

„Ihre Mutter ist sehr weise. Wie war Ihr Name?"

„Den von meiner Mutter, oder meiner?"

„Ihrer."

„Maria."

„Und Ihrer?"

„Jesus."

„Dann bin ich der Teufel."

„Ist ja auch egal. Nehmen Sie einmal die Angel, und werfen Sie sie aus."

„Nur, wenn Sie mich ganz nett bitten."
Der Augenaufschlag, der kam, war nicht von dieser Welt und hätte Jesus noch Zweifel gehabt, sie wären wie weggeblasen.

„Bitte."
Der Angler schaute die beiden schief grinsend an.

„Jungchen, so ging mir das vor 30 Jahren auch. So, wie du aussiehst, hast du keine Chance mehr. Hier ist die Angel. Auch wenn sie angelt, es sind keine Fische da."
Jesus gab Maria die Angel, die den Köder gekonnt auswarf.

„Wohl schon mal gefischt?"

„Ich habe zwei ältere Brüder, da muss man so etwas können."
Der Köder berührte das Wasser, sank etwas ab und sofort straffte sich die Schnur.

„Ich habe einen Großen."
Der Angler bekam große Augen. „Da brat mir doch einen 'nen Storch. Den ganzen Tag versuche ich, dann kommt eine Schönheit und hat zwei dicke Fische am Haken."
Gekonnt drillte die junge Frau den großen Fisch, der wie wild im Hafenbecken herumsprang. Bald wurde er müde, und der Angler half, ihn auf die Mole zu bekommen. Als er den Fisch aus dem Kescher nahm, spuckte er zwei Goldmünzen aus. Isaak war sofort zur Stelle und begutachtete die beiden Münzen.

„Zwei römische Gold Assen. Junge Frau, das ist aber ein dicker Fisch. Für den Parkautomaten langt das aber nicht."
Isaak stieß Jesus an.

„Da hast du aber etwas übertrieben."
Jesus lachte Isaak an.

„Die Pferde gingen mit mir durch."

„Na, dann versuche dich mal aus der Situation herauszuwinden."

„Wieso?"

„Schau mal zum Parkplatz."

Jesus drehte sich um, dann sah er sie, eine Flensburger Politesse, die aufmerksam um den Wagen der jungen Frau schlich. Dann zückte sie einen Block.

„Was macht sie jetzt?"

„Sie schreibt das Nummernschild auf und gibt das weiter. Dann muss die Frau eine Strafe für unerlaubtes Parken zahlen."

„Das müssen wir verhindern."

„Nicht wir, du musst das verhindern."

Jesus drehte sich zu der jungen Frau. Mit Blick auf die Politesse sagte er: „Maria, ich regele eben mal deine Parkmöglichkeiten und du das mit den Münzen."

„Hallo, Jesus, das kann ich alleine."

Jesus, der den Unterton in der Stimme der Frau bemerkte, hielt inne.

An Isaak gewandt, fragte er: „Was hat sie denn?"

„Ein Zeichen der Emanzipation."

„Emanzipation, was ist das denn?"

„Gleichberechtigung."

„Du willst doch nicht sagen, dass die Frau dem Manne ebenbürtig ist?"

„Du hast in den letzten 2000 Jahren viel verpasst, mein Junge."

„Dann wollen wir mal sehen, wie sie das regelt."

Maria war inzwischen zu der Politesse gegangen und sprach mit ihr. Die griff behänd in die Tasche und gab ihr eine Münze. Maria warf sie in den Automaten und kam zurück. Keck schaute sie Jesus an.

„Geregelt."

Dann ging sie zu dem Angler, gab ihm eine der Goldmünzen, die andere steckte sie ein. Jesus ging zu ihr.

„Das waren doch deine Münzen."

„Bist du dir da sicher, Jesus. Hier ist die andere Münze. Hättest du mich nicht verleitet zu angeln, hätte ich keinen Fisch gefangen. Wäre der Angler nicht hier gewesen, hätte ich nicht angeln können. Da er mir die Angel geliehen hatte, steht ihm eine Münze zu."

„Und du gehst leer aus."

„Erst einmal. Teile zwei durch drei, da kommst du zu keinem Ergebnis. Sieht man das tiefer, habe ich viel gelernt."

„Was hast du gelernt?"

„Mathematisch gesehen: zwei lässt sich nicht durch drei teilen. Menschlich: es gibt noch nette Menschen, die einem helfen."

„Ich bin beeindruckt, Maria. Hier ist die Münze, sie steht dir zu."

Maria nahm sie.

„Danke, nehme ich gerne."

Judas stieß sie an.

„Wie hast du das mit der Frau geregelt?" Maria beugte sich zu dem Gnom und hielt die Hand vor den Mund.

„Meine Tante."

Ein breites Lachen umspielte das Gesicht des Apostels.

„Aber kein Wort."

Judas machte den Reißverschluss an seinem Mund.

„Wer bist du?"

„Du wirst es nicht glauben, ich bin Judas."

„Dann sind das die 12 Jünger?"

„So kann man das sagen, Maria."

„Hmm."

Maria stützte den Ellenbogen des rechten Arms auf die linke Hand.

„Dann seid ihr da oben abgehauen."

Maria deutete mit dem Finger gegen den Himmel.

„So kann man das nicht sagen. Eher: Wir wurden unbequem."

Bevor Judas weitersprechen konnte, schob die resolute Frau den Gnom an den Rand der Gruppe. Der Grill dampfte immer noch. Thaddäus kümmerte sich um das Fleisch, und eine Kiste Bier stand in der Mitte, aus der sich alle bedienten. Die Gruppe war noch größer geworden, und eine ansehnliche Menschenmenge hatte sich um die Männer versammelt. Keinen interessierte es, dass sich die Kiste immer wieder füllte, aber Maria fiel es sofort auf.

„Judas, wie macht ihr das?"

Judas zeigte auf Jesus.

„Frag den da."

Jesus stand bei Isaak und unterhielt sich mit ihm. Maria ging zu den beiden.

„Ich wollte eigentlich eine Kiste Bier ausgeben. Aber ich sehe, ihr seid Selbstversorger."

„So kann man das sagen, Maria. Möchtest du etwas trinken und essen?"

Die Antwort der jungen Frau kam zögerlich: „Eigentlich nicht. Ich bin nur neugierig, woher ihr kommt. Ihr seid nett, sehr gut gekleidet, habt gutes Benehmen. Bei der Ansammlung Menschen sind alle friedlich, keiner flippt aus und alle unterhalten sich miteinander. Könnt ihr euch ausweisen?"

Jetzt mischte sich Isaak in das Gespräch.

„Ich bin Isaak. Die Männer stehen unter meiner Obhut. Warum wollen Sie die Ausweise sehen?"

Maria zückte ihren Ausweis.

„Kripo Flensburg. Damit habe ich das Recht, die Ausweise sehen zu dürfen."

„Tja, Jesus, jetzt sitzen wir in der Klemme."

„Wieso, Isaak? Meint sie das Papier?"

Jesus zückte einen Ausweis und gab ihn Maria. Die Polizistin schaute ihn sich genau an und fing fürchterlich an zu lachen.

„Was lachst du, Maria?"

„Alles gut und schön, was hier steht, aber dein Geburtsdatum steht auf Null."

„Ja und?"

„Junge, damit wärst du über 2000 Jahre alt. Kannst du mir das erklären?"

„Ja."

„Dann mal los, ich bin ganz Ohr."

„Ich glaube, sehen ist besser."

„Willst du 2000 Jahre jetzt als Film ablaufen lassen?"

„So ungefähr. Gib mir einfach mal bitte deine Hände."

Wie selbstverständlich gab sie ihm ihre feingliedrigen gepflegten Hände. Sofort erstarrte sie. Der junge Mann lächelte die junge Frau an, und Isaak sprach mit Judas.

„Wenn sie jetzt 2000 Jahre ansehen muss, kann das ja dauern."

„Ich denke, Jesus macht einen Schnelldurchlauf."

So, wie Judas vorhergesagt hatte, dauerte es nicht lange, und Maria wachte wieder auf. Das erste, was sie machte, nachdem sie aufgewacht war, sie nahm seine Hände und schaute die Narben an.

„Schmerzen sie noch?"

„Das nicht, aber ich bin wetterfühlig geworden. Genauso wie die Narbe unter meiner Brust."

„Darf ich sie sehen?"

„Doch nicht hier, Maria."

„Weißt du was, Jesus, oder wie auch immer du heißt, ich weiß nicht, wie ihr das macht, aber ihr macht es gut. Ihr habt Glück, dass ich nicht im Dienst bin und da keine Straftat vorliegt, sehe ich auch keinen Grund, meine Kollegen zu informieren. Aber das mit dem Ausweis, da solltet ihr noch etwas machen."

Maria wollte den Ausweis zurückgeben.

„Schau ihn dir noch einmal genau an, Maria. Passt das so?"

Die junge Frau sah noch einmal auf das Geburtsdatum, und Isaak schaute ihr über die Schultern.

„Ich will gar nicht wissen, wie du das gemacht hast. Aber 32 ist ein angemessenes Alter. Was lachst du denn hinter mir, Isaak."

„Weißt du, Maria, ich kenne die Burschen jetzt zwei Wochen. Es waren **d i e** zwei Wochen in meinem Leben und jeden Tag eine neue Überraschung."

Maria, die das nicht verstand, schüttelte den Kopf.

„Ich habe eigentlich nicht vor, zwei Wochen mit diesen Herren zu verbringen."

„Ich glaube, da hast du keinen Einfluss darauf."

Leichtes Dröhnen in allen Köpfen. Alle schauten verwundert nach oben.

„Das glaube ich auch. T'schuldigung, war leicht übersteuert."

Isaak wandte sich an Judas: „Wer war das denn jetzt?"

„Partei Nummer drei, der Heilige Geist, vermute ich."

„Der mit dem roten Streifen über dem Dokument?"

„Genau der. Der Überwacher."

„Da hat Gottvater also nichts zu sagen?"

„Isaak, du fragst zu viel. Ich weiß es nicht."

Maria stieß Jesus an.

„Wer war das denn jetzt?"

„Och, Maria, sagen wir es mal so, ein jung gebliebener Seelenverwandter, der, im Gegensatz zu meinem Vater, mehr Verständnis für meine jetzige Situation hat."

Die letzten Worte rief er nach oben. Leichtes Brummeln war die Antwort. Maria, die von all dem nichts mitbekam, nahm Jesus am Arm und sagte: „Komm, ich habe noch etwas Zeit, lass uns zu den anderen gehen und du erzählst mir aus deinem Leben."

Jesus lächelte sie mit leuchtenden Augen an und führte sie in den Kreis der Jünger, wo sie sofort wie einer der Ihren aufgenommen wurde."

Judas und Isaak standen immer noch beisammen, und Isaak schaute Judas an.

„Judas, ich habe eine Frage."

Der rollte mit den Augen und antwortete ergeben: „Fragen gehen bei dir nie aus. Ist dir etwas aufgefallen?"

„Was soll mir aufgefallen sein?"

„Jesus hat in seinem Ausweis 32 Jahre angegeben, er hat es aber nur bis 33 Jahre geschafft, dann haben sie ihn an das Kreuz genagelt. Sollte es eine zweite Auferstehung geben, ist er mit 33 Jahren tot."

„Stimmt, Isaak, aber warte, das wird mit Sicherheit von oben kommentiert."

Und so war es. Ein leichtes Knistern entstand in ihren Köpfen, und wieder hörten sie die sanfte Stimme.

„Isaak, langsam verstehe ich, warum Väterchen dich ausgewählt hat. Ihm wäre das gar nicht so schnell aufgefallen."

„Was soll das denn heißen?"

„Sei mal ruhig, Väterchen, jetzt spreche ich."

Wieder hörten sie ein leichtes Grummeln im Hintergrund.

„Nach einem Blick in die Zukunft ist es mir klar geworden, dass die Form der Gewalt aus der ersten Auferstehung nicht mehr zutrifft. Die Gesellschaft hat sich geändert. Es stellt sich die Frage: Ist sie gewalttätiger geworden? Wenn man die Anzahl der Toten sieht, eigentlich mit einem klaren Ja zu beantworten."

„Aber ihr könnt doch Einfluss nehmen."

„Richtig, Isaak. Wie hat euch Väterchen erschaffen? Nach seinem Ebenbild, mit freiem Willen? Die Kreuzigung war von uns gewollt, wie auch die Auferstehung. Also kein freier Wille. Sollen wir den Fehler noch einmal begehen? Es

119

wäre doch interessant zu wissen, wohin die Gesellschaft geht, wenn sie kein brutales Vorbild hat."

„Aber wir sind in einer brutalen Gesellschaft."

„Muss man deshalb mit Brutalität antworten?"

„Also, dann stellst du den Spruch: Auge um Auge, Zahn um Zahn in Frage?"

„Ja."

„Also stellst du die Bibel in Frage?"

„Nein."

„Du verwirrst mich."

„Denke darüber nach, Isaak. Stellst du einen Menschen, der bei einem Disput kein Recht bekommt, in Frage?"

„Nein, nur das, was er sagt."

„Hört, hört."

„Aber die Bibel ist kein Mensch."

„Richtig, aber von Menschen gemacht. Und noch etwas unter uns beiden. Die Leitung ist abhörsicher. Väterchen wird sehr bald Großväterchen, und dann hat er Anderes um die Ohren als die Menschheit."

„Dann wird es keine zweite Auferstehung geben?"

„Nein."

„Und Jesus wird weiterleben?"

„Er wird ein alter weiser Mann werden, mit dem Hang zum Kinder machen."

„Wachset und vermehret euch."

Isaak merkte, dass die Leitung unterbrochen wurde. Ein Grinsen trat auf sein Gesicht.

„Was grinst du so dämlich, Isaak?"

„Komm, Judas, lass uns zu den Anderen setzen und ein Glas trinken."

„Los, Isaak, erzähle, was hat der Heilige Geist mit dir besprochen. Ich lebe von Informationen."

„Judas, kennst du die Geschichte des Verräters?"

„Es war lange nicht so, wie es in der Bibel steht."

„Aber so ähnlich."

„Hm, ich glaube, ich habe dich verstanden."

„Das war jetzt höchste Geheimhaltung, aber du wirst es noch früh genug erfahren."

Sie setzten sich zu den anderen. Es wurde ein langer Abend, an dem man viel miteinander sprach. Keiner wunderte sich darüber, dass der Kasten Bier nicht leer wurde, und der Angler erzählte zum wiederholten Male, dass es in der Flensburger Förde Fische gab, die alte römische Münzen ausspuckten. Schon machte am anderen Tag die Runde, dass die Römer zeitweise Flensburg besetzt hatten. Aber zwei junge Leute interessierte das alles nicht. Sie verließen Hand in Hand den kleinen Festplatz, und manch ein verstohlenes Lächeln und vorsichtiger Blick folgte den beiden Verliebten.

Der Mond strahlte in voller Pracht und ließ eine Korona um den Trabanten erscheinen. Die Sterne glitzerten wie Diamanten am Himmel, und das Wasser um Schleswig-Holstein lag in einer Ruhe da, wie es die Alten noch nicht erlebt hatten. Selbst die Polizei erzählte von einem denkwürdigen Tag, an dem es in dem Bundesland keinerlei Verbrechen, Unfälle oder Tote gab. Es hatte den Anschein, als hielt jemand die Hand über einen kleinen Landstrich in der Welt, um ihn vor allem Unbill zu beschützen.

Nur einer war etwas derangiert. Nicht nur, dass ihm einige Fäden aus der Hand glitten, und von anderer Hand aufgenommen wurden. Auch dass er in dieser Nacht mit keinem Kontakt bekam. Maria Magdalena hielt ihm in der Nacht die Hand, und der Zuspruch tat ihm gut.

Am anderen Tag, als er die beiden Verliebten Hand in Hand aus der Wohnung kommen sah, versuchte er Kontakt aufzunehmen und es funktionierte. Aber bevor er etwas sagen konnte, nahm ihm der junge Mann das Wort aus dem Mund.

„Väterchen, warum hast du mir die Art der Liebe vorenthalten?"

„Ich dachte, du wärst noch nicht reif genug."

„Papa, ich bin über 2000 Jahre alt."

„Ich weiß. Ich bin auch nicht unfehlbar."

„Das aus deinem Munde. Wir reden später, und in der Zeit kannst du dir überlegen, was du an Stelle einer zweiten Auferstehung den Menschen bieten willst."

„Aber."

„Nichts aber. Ich garantiere dir, dass ich älter als 33 Jahre werde und im Bett sterbe."

„Du bist ein Gott und wirst nicht sterben."

Jesus unterbrach den Kontakt.

„Maria, hast du das gehört?"

„Tja, Väterchen, das kommt davon, wenn man so spät Kinder macht. Alles in allem bist du ein Spätgebärender."

„Wie soll ich das verstehen?"

„Es wird verbreitet, dass du die Welt in 7 Tagen erschaffen hast. Selbst der Dümmste weiß mittlerweile, dass das Universum 15 Milliarden Jahre alt ist, dein Sohn aber erst 2000 Jahre. Wo hast du die ganze Zeit verplempert? Du hast doch Adam und Eva nicht 14 Milliarden 999 Millionen 998000 Tausend Jahre beobachtet, um dann festzustellen, wie es geht."

„Heiliger Geist, rette mich."

„Väterchen, das musst du mit ihr ausmachen."

„Aber du warst doch dabei."

„Das weiß sie aber nicht."

„Verräter."

Der Vatikan

Bartholomäus klopfte an die Tür des Apartments von Kardinal Adolfo de Angelis. Von Innen hörte er nur die Stimme.

„Kleinen Moment."

Einen kurzen Moment dauerte es, und ein junger Messdiener verließ das Apartment mit hochrotem Kopf.

„Kommt herein, Bartholomäus, ich habe schon auf euch gewartet."

Der Mönch und der Fremde, den er bei sich hatte, traten ein. Kardinal Adolfo de Angelis richtete seine Soutane und machte einen durchgeschwitzten, aber durchaus zufriedenen Eindruck.

„Was ist so wichtig, dass ein kleiner Mönch eine Audienz beim Kardinal für einen anderen erbittet?"

Ohne eine Antwort abzuwarten, übernahm Gestas das Wort.

Klein, grobschlächtig und böse schaute er den Kardinal von oben herab an.

„Gestas ist mein Name, ich habe einen Auftrag vom Herren."

„Ich habe keinen Herren, Gestas."

Gestas retournierte sofort: „Mein Herr würde sagen, Hochmut ist eine Tugend. Aber in dem Fall, wäre Demut angesagt."

„Bartholomäus, was bringst du mir für Leute? Klein, frech und von der Straße. Verlasst mein Apartment."

Eine Stimme, wie aus der Tiefe der Hölle, erfüllte den Raum, als Gestas mit verzerrtem Gesicht den Kardinal ansprach: „Setz dich de Angelis und lies."

Gestas hielt ihm einen Brief hin, dessen Adresse mit Blut geschrieben war. De Angelis hatte sich erschreckt gesetzt, nahm sofort den Brief entgegen und öffnete ihn. Eine kleine Rauchwolke kam aus der Öffnung und ließ den Geistlichen direkt erstarren.

Bartholomäus, der die Szene mit Verwunderung beobachtet hatte, bekreuzigte sich. Gestas drehte sich zu dem Mönch.

„Schließ die Tür, Bartholomäus."

Gehorsam schloss der Mönch die Tür. Gestas ging zu ihm, legte ihm die Hand auf die Stirn und sprach die Worte: „Dein Leben für ein längeres Leben."

Der Mönch fiel tot in sich zusammen. Der Kardinal, der von allem nichts mitbekam, wachte kreidebleich auf. Die rechte Hand hatte er an seinem Kruzifix.

„Weiche von mir, Satan."

Jetzt setzte sich Gestas, süffisant lächelnd, auf einen Stuhl.

„Weiter, hol doch noch den Hexenhammer. Es wird dir nicht helfen, denn du hast die Hilfe nicht verdient und der da oben hat sich schon abgewendet. Deine Option: Du kannst leben, oder du stirbst heute Abend, wie vorgesehen. Wähle und wähle weise."

Es war nichts mehr da, von einer Eminenz. Ein kleiner Haufen Elend Mensch saß in seinem Sessel und zitterte um sein bisschen Leben.

„Und? Hast du dich entschieden, Kardinal?"

„Ja."

„Lauter, damit der Herr das hört."

„Ja."

„Eine sehr gute Entscheidung."

Wie von Zauberhand hatte er zwei Schriftstücke in der Hand."

„Eins für deine Entscheidung, bitte mit Unterschrift. Zwei für die Vollmacht der Kirche, bitte mit Unterschrift. Dann richtest du mir noch ein Konto ein, mit einer angemessenen monatlichen Zuwendung im fünfstelligen Bereich und ich hätte gerne eine Wohnung im Rotlichtviertel von Rom und einen Sekretär."

„War es das?", fragte der Kardinal sichtlich niedergeschlagen.

„Nicht ganz. Unterschrieben wird mit deinem Blut."

Gestas stand auf, nahm ein Messer und schnitt dem Geistlichen den Arm auf. Sofort quoll Blut aus der Wunde. Gelassen nahm der Schächer eine Schreibfeder, tunkte sie in die Wunde und hielt dem Gottesmann das Schreibutensil hin, der es zögerlich entgegennahm. Gestas schaute ihn abwartend an. Dann unterschrieb der Kardinal. Ohne ein Wort zu sagen, nahm der Bote des Teufels das Dokument an sich, drehte sich um und ging zur Tür. Dort schaute er noch einmal über die Schulter.

„Der Vertrag löst sich mit deinem Tod. Schaff den Kadaver weg, er ist eines Kardinals Gefährte nicht würdig. Das bin jetzt ich."

Er griff in seine Brusttasche, holte ein Handy hervor und warf es dem Kardinal hin.

„Die Nummer ist gespeichert."

Laut lachend ging er aus der Tür und schloss sie mit einem Knall.

„Oh, Herr, was habe ich gemacht?"

Wider Erwarten meldete sich eine Stimme in seinem Kopf.

„Adolfo de Angelis, was jammerst du? Ich habe dich geschaffen nach meinem Ebenbild und mit freiem Willen. Also was jammerst du?"

„Bist du es, Herr?"

Die sanfte Stimme antwortete wieder: „Ja, ich bin es, Adolfo."

„Herr, ich habe gesündigt."

„Schon dein ganzes Leben, Adolfo, dein ganzes Leben."

Die Stimme Gottvaters klang enttäuscht.

„Hilf mir, Herr."

„Wie soll ich dir helfen, Adolfo? Du hast gerade mit dem Teufel einen Kontrakt geschlossen und jetzt jammerst du um dein kleines Leben, welches du in Saus und Braus geführt hast. Denke an den kleinen Jungen, der dir zu Diensten war."

„Was ist mit ihm, oh Herr?"

„Schließe deine Augen und sieh."

De Angelis schloss die Augen, und sein Jammern und Wehklagen nahm zu.

„Adolfo, er steht auf der Brücke des Tiber und will sich in die Fluten stürzen."

„Was habe ich nur gemacht?"

„Aus Scham, Adolfo, nur aus Scham."

„Herr, nimm mein Leben und verschone seines."

„Zu spät, Adolfo. Zu spät."

„Was rätst du mir, oh Herr?"

„Nimmst du alle Schuld auf dich, Adolfo?"

„Ja, oh Herr."

„Dann befolge den Befehl des Teufels, in den Diensten des Glaubens und begrabe den kleinen Bartholomäus in allen Ehren."

Die Verbindung brach ab, und der Kardinal kniete noch eine Zeitlang in seinem Apartment. Dann ging er zu dem Toten und wollte ihn segnen. Im letzten Moment hielt er inne.

„Ich bin seiner nicht würdig."

Verliebt

Es war eine sorgenlose Zeit, die Maria und Jesus verbrachten. Wenn Maria arbeiten musste, wies Isaak, Jesus und die Apostel in die moderne Welt ein. Jeder hatte ein Bankkonto, einen Laptop und ein Handy. Menschen scharten sich um sie, und sie gewannen Freunde. Sie fingen an das kleine Schleswig-Holstein zu lieben und ließen keinen Moment aus, um die entferntesten Ecken dieses kleinen Landes kennenzulernen. Aber der Zeitpunkt, in dem sie sich entscheiden mussten, kam immer näher. Eines Abends lud Isaak alle mit ihren Partnern ein, um das weitere Vorgehen zu besprechen. Die Zwänge des Abendmahls wurden schon lange nicht mehr eingehalten, so war es eine lockere Runde, in der der Glaube nicht vergessen wurde, aber durchaus nicht im Vordergrund stand.

Isaak stand auf, begrüßte alle und gab das Wort weiter an seinen Freund Judas.

„Hallo, Freunde. Wie ihr festgestellt habt, ist der Ausgangspunkt unseres Hierseins etwas überraschend für uns gewesen. Trotzdem haben wir uns, auch dank Isaaks Hilfe, in der Neuen Welt gut zurechtgefunden. Jetzt ist es soweit, uns über unser weiteres Vorgehen zu unterhalten. Wie ihr alle mitbekommen habt, ist Jesus nicht gewillt, eine zweite Auferstehung durchzuführen. Was auch, anhand der veränderten gesellschaftlichen Formen, der falsche Weg wäre. Trotzdem hat uns Väterchen hier heruntergeschickt, um eine Aufgabe zu erfüllen."

Jetzt hob Judas beide Hände in Schulterhöhe und drehte die Handflächen nach oben. Dabei verzog sich sein Gesicht zu einer Grimasse.

„Dabei weiß aber keiner mehr, ob es einen Plan B gibt. Der letzte Kontakt mit Väterchen war mit Isaak. Aber vielleicht weiß Jesus mehr."

Judas setzte sich, wobei keiner feststellen konnte, ob er nicht doch noch stand. Alle schauten Jesus erwartungsvoll an, aber der schüttelte mit dem Kopf. „Seitdem ich ihm gesagt habe, dass ich keine weitere Auferstehung mitmache, hat er sich nicht mehr gemeldet. Er steckt wohl in den Wechseljahren."

Alles lachte, und Petrus ergriff das Wort.

„Das lass ihn mal nicht hören. Du weißt, wie nachtragend er sein kann und Scherze über ihn, das mag er gar nicht."

„Ich glaube, da irrst du, Petrus. Da hast du die Meinung der Menschen angenommen. Er hat durchaus Mutterwitz, natürlich lacht auch er lieber über andere, wie wir alle."

Maria beugte sich zu ihrem Freund, legte verliebt ihre Hand auf die seine und flüsterte ihm ein paar Worte ins Ohr. Das dumme Gesicht, was Jesus machte, fiel allen auf.

„Was ist los, Jesus?"

Jesus drehte sich zu Isaak.

„Ich bin schwanger."

„Was bist du?"

„Ich bin schwanger, ich bekomme ein Kind."

„Jesus, dann bist du ein anatomisches Wunder. Du musst sofort zum Frauenarzt. Dann hat Maria dich geschwängert."

Jesus, immer noch ganz erschüttert, erwiderte: „Idiot. Maria natürlich."

„Das bringt die Sache in ein ganz anderes Licht, du brauchst nicht zum Frauenarzt."

Maria konnte sich vor Lachen kaum halten.

„Jesus, mach jetzt nicht so einen Aufstand. Jeden Tag werden Frauen geschwängert und Kinder geboren. Die natürlichste Sache der Welt."

„Aber ich bin der Vater."

„Wer ist der Vater?"

Eine mächtige alte Gestalt mit einem langen weißen Bart drängte sich zwischen die beiden jungen Leute. Alle sprangen erschreckt auf, nur Isaak und Judas blieben sitzen. Judas beugte sich zu Isaak.

„Das ist Gott-Väterchen. Jetzt ist Showdown angesagt. Mal sehen, ob der Kleine einen Arsch in der Hose hat."

Mit dem Rücken zu Maria gewandt, stand der alte Mann da und schaute seinem Sohn in die Augen. Mit drohender Stimme, sagte er: „Wen hast du geschwängert, Jesus?"

Jesus hielt dem Blick stand. Kein Wort fiel, als die säuselnde Stimme Marias an beider Ohren schwang.

„Willst du mich nicht vorstellen, Jesus?"

„Ähem, das ist mein Vater."

Maria zupfte dem Alten am Gewand.

„Wenn du dich nicht umdrehst, Gott-Väterchen, kann ich dir nicht guten Tag sagen."

Wütend drehte sich der alte Mann um, und bevor er etwas sagen konnte, flötete Maria: „Hallo Väterchen, ich bin Maria."

„Ich weiß, im Buch der Bücher heißen alle Maria, das ist nichts Besonderes."

Maria drehte sich zu den Anderen.

„Sagt, ist er immer so grimmig? Dabei meintet ihr, er wäre die Güte in Person."

Keiner wagte zu antworten, aber die Augen des Alten wurden weicher. Keck nahm Maria den Allmächtigen am Arm.

„Komm mit, ich muss dir etwas sagen."

Jesus machte sich bereit mitzukommen. Maria schaute ihn streng an.

„Ihr bleibt alle hier, und wenn ich alle sage, meine ich alle."

Mit einem gewinnenden Lächeln und einem Augenzwinkern ließ sie die anderen zurück. Draußen angekommen, streckte sich die junge Frau und ein strenger Beobachter konnte die kleine Kugel unter ihrer Brust ausmachen. Unbeeindruckt schaute Gottvater die junge Frau an.

„Was willst du mir sagen, Maria?" Maria beugte sich an sein Ohr, was sich der alte Mann gerne gefallen ließ.

„Es werden Drillinge, und wenn du weiter so grummelig bist, werde ich sie dir vorenthalten, bis du bessere Laune hast. Haben wir uns da verstanden?"
In beiden Ohren hörten sie nur: „Hört, hört."

„Ach, halt dich da heraus. Nein. Du wusstest es?"

„Richtig, Väterchen, unsere Altersversicherung."

„Mit wem sprichst du?"

„Mit einem Freund."

„So viele Freunde hast du nicht. Dann kann es nur der Heilige Geist sein."

„Ach, man kennt sich?"

„Vom Hörensagen. Was sagst du dazu, Väterchen?"

„Kleinen Moment, ich muss nachdenken."
Eine kurze Pause entstand. Dann umarmte er die junge Frau, und seine Stimme nahm einen weichen Ton an.

„Willkommen in der Familie"
Maria gab ihm einen Kuss auf die Wange.

„So und jetzt lade den Heiligen Geist auch ein. Ich will die ganze Familie kennenlernen."

„Der wird nicht kommen."

„Worauf du einen lassen kannst."
Neben Gottvater erschien ein weiterer alter Mann, der Gottvater nicht unähnlich war. Auch er gab Maria einen Kuss.

„Willkommen in der Familie."

„An eurem Outfit müsst ihr aber noch arbeiten. So geht ihr als Großväter durch, das ist aber auch alles."
Der Heilige Geist schaute sie vergnügt an und verwandelte sich und Gottvater.

„Ist es der Dame so recht?"
Maria nahm etwas Abstand und schüttelte mit dem Kopf.

„So?"

Der Daumen ging hoch und ein Auge zu. Anerkennend nickte Maria.

„Ihr habt einen guten Designer da oben."

„Einen Maria, wir haben sie alle da. Auch Lagerfeld steht auf unserer Liste."

„Waren das jetzt alle aus eurer Familie?"

Die beiden schauten sich etwas betreten an.

„Also fehlt noch einer?"

„Das kann man nicht so sagen. Aber wir sind gerade in der Planung für die Zukunft, und da steht er etwas daneben."

„Wer ist es denn?"

Wieder schauten beide etwas apathisch.

„Los, Leute, raus mit der Sprache. Jeder hat doch ein schwarzes Schaf in der Familie."

Gottvater druckste herum. Dann zeigte er mit dem Zeigefinger auf den Boden und meinte nur lakonisch: „Der da unten."

Maria schaute interessiert nach unten.

„Ich sehe nichts. Hat er keinen Namen?"

„Luzifer."

„Ach, der Teufel. Jetzt verstehe ich, dass euch das unangenehm ist. So einen in der Verwandtschaft zu haben, da geht man nicht mit hausieren."

„Das sehen wir auch so."

Man merkte, wie den beiden ein Stein vom Herzen fiel.

„Dann lass uns mal sehen, was die Jungs für Augen machen, wenn ich mit zwei gutaussehenden älteren Herren die Bühne betrete."

Beide im Arm, sie in der Mitte, betraten sie den Raum.

„Jesus, sorge mal für zwei Stühle, wir haben die Familie da."

Isaak stieß Judas an, ohne ihn anzuschauen.

„Sag mal, Judas, wer ist der zweite ältere Herr, den Maria mitgebracht hat?"

Als keine Antwort kam, schaute er den Apostel an. Der saß mit offenem Mund da und staunte nur.

„Hey, was soll die Körperstarre?"

„Www… weißt du, wer das ist?"

„Das habe ich dich gefragt, Judas."

„Das ist der, von dem wir gesprochen haben."

„Der mit dem roten Streifen?"

„Genau der."

„Na und. Scheint ein leutseliger Typ zu sein."

„Du begreifst das nicht, Isaak. Es hat ihn noch kein Sterblicher gesehen. Es hat etwas zu bedeuten. Die Jungs haben irgendetwas vor, und Maria ist der Mittelpunkt. Gottvater will etwas sagen."

Stille trat ein.

„Hallo, Leute, die meisten kennen mich und den älteren Herren an meiner Seite. Wir konnten nicht nein sagen, als uns unsere liebe Schwiegertochter zu diesen Neuigkeiten eingeladen hat. Er und ich, wir dürfen für euch, als Schwiegerväter, die Nachricht von der Schwangerschaft Marias vervollständigen."

„Wir wissen doch alle, dass sie schwanger ist."

„Nicht so hastig, Jesus, auch du weißt nicht alles. Wir bekommen Drillinge."

Alle hörten nur den Krach eines zusammenbrechenden Stuhls, und Jesus lag wie vom Blitz getroffen auf dem Boden.

„Siehst du, Isaak, hält man ihn einmal rein, schon bekommt man die Quittung."

Judas schaute Isaak mit leuchtenden Augen an.

„Weißt du, was das bedeutet?"

„Nein, aber du wirst es mir gleich sagen."

„Keine Auferstehung, kein Verrat. Ich bin aus diesem Drama heraus."

„Aber irgendetwas wird geschehen."

„Genau, und ich glaube, die beiden wissen noch nicht, wie sie das Ei legen sollen. Aber es geht weiter."

„Die Auferstehung wird nicht stattfinden, aber die Menschheit braucht etwas anderes. Hat einer eine Idee?"

„Da kommt der Teamplayer durch."

„Judas, auch leise gesprochene Worte verstehe ich."

„Ich weiß, Herr, aber ich habe da eine Idee."

„Lass hören."

„Wie ich dich kenne, Herr, willst du zwei Fliegen mit einer Klappe schlagen. Wie vor 2000 Jahren. Wir wissen alle, dass es in der Form nicht mehr möglich ist, weil sich die Zeit und die Menschheit verändert hat."

„Komm zur Sache, Judas."

„Die letzte Geschäftsidee hat 2000 Jahre gehalten und sollte durch eine neue Idee ersetzt werden, die wie folgt aussehen kann: Wir setzen unseren Glauben in eine Aktiengesellschaft um.

Jeder der Gläubigen darf eine Aktie kaufen, mit einem Wert von 100 €. Es gibt ungefähr 1,2 Milliarden Katholiken auf der Welt. Das wäre eine Kapitalisierung auf 120 Milliarden €. Jetzt kommt der Geck. 51% tragen Gottvater und der Heilige Geist, 25% Jesus und seine Apostel, den Rest die Menschheit. Das wären 24%. In Zahlen ausgedrückt. 24% wären 120 Milliarden, bei 100% sind das ca. 480 Milliarden beginnende Kapitalsumme."

„Dann müssen wir mit 51% ca. 240 Milliarden Kapitalsumme aufbringen."

„Korrekt, Gottvater."

„Und woher soll ich die Kohle nehmen?"

„Ach, Väterchen, heute werden Geschäfte mit imaginärem Geld gemacht. Die Einzigen, die das Geld aufbringen müssen, sind die Menschen. Aber das ist noch nicht alles. Jeder, der einen Menschen bekehrt, bekommt eine Aktie mit dem Wert von 100 €. Das heißt, jeder Bekehrte ist 400 € wert."

„Ich dachte immer, dass ein Aktienpaket in der Menge der Papiere beschränkt ist."

„Absolut richtig, Väterchen, und das ist das Problem, welches du uns helfen musst, zu lösen."

„Wie kann ich dir da helfen?"

„Wir müssen an die Börsenaufsicht. Ich brauche alle Lebensläufe."

„Um sie unter Druck zu setzen."

„Richtig. Der Zweck heiligt die Mittel, das steht schon im Alten Testament so."

„Ich weiß nicht."

„Was weißt du nicht, Väterchen? Wenn ich die letzten 10000 Jahre des Menschen sehe, hast du dich doch ergötzt, wie die Menschen Krieg geführt haben. Alleine, wie du Moses geholfen hast, durch das Rote Meer zu gehen. Noch nicht mal nasse Füße hat er bekommen. Aber die Ägypter sind ersoffen. Alles im Rahmen des Glaubens."

„Hört, hört."

„Was mischst du dich da ein, Heiliger Geist?"

„Ich habe es dir damals gesagt."

„Jetzt dagegen biete ich dir die Möglichkeit, den Glauben zu verbreiten, ohne einen Tropfen Blut zu vergießen."

„Es ist doch nur ein Geschäft."

„Denkst du an die Ablässe im Mittelalter, wo sich die Kirche bereichert hat? Da muss ich dir widersprechen. Wenn die Zeit des Jüngsten Gerichtes gekommen ist, wirst auch du es leichter haben. Sicher ist es ein Geschäft, aber mit der Möglichkeit, den Glauben zu verbreiten. Wir müssen da aber noch etwas am Image arbeiten."

„Wie das?"

„Jede Aktie bekommt die zehn Gebote aufgedruckt und die müssen überarbeitet werden."

„Wieso das denn?"

„Weil sie nicht mehr zeitgemäß sind. Zum Beispiel das erste Gebot: Du sollst keine falschen Götter neben mir haben. Wenn wir unser Aktienpaket ausbringen, da habe ich gedacht, dass wir ein Unterpaket ausbringen, was anderen Glaubensrichtungen auch die Möglichkeit gibt, zu investieren."

„Also arbeiten wir gegen unser eigenes Paket."

„Nein, Väterchen. Die Unterpakete geben wir ab zu einem Schnäppchenpreis, mit einer beschränkten Ausschüttung. Bei 8 Milliarden Menschen bleiben 6,5 Milliarden Menschen für andere Glaubensrichtungen über. Weißt du, was da für ein Kapital hereinkommt? Was meinst du, wenn die 6,5 Milliarden Menschen merken, dass bei den Katholiken mehr Geld zu verdienen ist?"

„Judas, du bist ein Fuchs."

„Danke, Väterchen. Gebote 5-8 können bleiben, der Rest muss geändert werden. Am besten macht das Jesus. In Anbetracht seines Zustandes ist das eine verantwortungsvolle Aufgabe, die es zu lösen gibt. Außerdem habe ich noch ein paar andere Ideen, die ich dir dann noch hoch gebe."

„Was passiert mit dem Vatikan?"

„Der Vatikan ist Geschichte. Sie haben sich seit 2000 Jahren nicht bewegt, warum sollten sie es jetzt tun? Mach ein Glaubensmuseum daraus, dann dient er noch einem guten Zweck. Ab heute bestimmen du und der Heilige Geist den Glauben wieder, und ich glaube, dass das im Interesse der Menschheit ist."

„Was machen wir mit dem ganzen Geld?"

„Investieren. Immobilien. Wir kaufen zum Beispiel den Vatikan. Rom braucht ihn nicht mehr, denn die Zukunft wird in Schleswig-Holstein geschrieben. Stahl, Kaufkraft, Energie, Öl, Gas, Waffen usw. Das sind die Investitionen der Zukunft, da wird Geld verdient."

„Was passiert mit den Aposteln?"

„Das wird ein Imperium, das muss verwaltet werden."

„Was sagst du dazu, Heiliger Geist?"

Der alte Mann lächelte verschmitzt.

„Ich kenne die Zukunft, Väterchen. Macht es einfach."

„Lass uns teilhaben."

„Den Teufel werde ich."

Mit so viel Plänen ausgestattet, wurde es eine lange Nacht. Das junge Paar verabschiedete sich bald, wie auch Väterchen und der Heilige Geist.

Väterchen denkt, der Heilige Geist lenkt

Es lief alles perfekt. Jesus kümmerte sich um die 10 Gebote und seine Freundin, und Judas dirigierten die Apostel, die ihm bei der Verwirklichung seiner Pläne halfen. Die Apostel waren froh, nicht wie vor 2000 Jahren durch die Lande ziehen zu müssen, um zu predigen. Sie hatten schnell begriffen, dass die Menschheit nicht mehr zuhörte, denn ihnen wurde stets vermittelt, schon als Direktor geboren worden zu sein. Nur noch der Glaube an den Kommerz und an schnell verdientes Geld, ließ die Leute aus ihrer Lethargie aufschrecken.

Isaak, ein gebranntes Menschenkind, beobachtete seine neuen Freunde mit Sorge. Er bemerkte zwar, dass manchmal kritische Kommentare kamen, die aber von Judas schnell wieder neutralisiert wurden. Nur Jesus merkte von all dem nichts. In Freude auf die bevorstehende Geburt seiner drei Kinder, lebte er in einem anderen Kosmos.

Eines Tages, Isaak hielt es nicht mehr aus, ging er an einem kleinen See spazieren, breitete die Arme aus und rief gegen den Himmel.

„Oh, Heiliger Geist, hilf mir."

Er hörte eine Stimme in seinem Kopf.

„Warum soll ich dir helfen, Isaak?"

„Du siehst doch, was passiert. Was da abläuft, kann nicht gut gehen. Sie kennen all die Menschen nicht, mit denen sie sich einlassen."

„Ich weiß, Isaak, aber unser Väterchen erschuf sie nach seinem Ebenbild. Habe Vertrauen und glaube an die Bande. Es müssen noch einige Ereignisse stattfinden, bevor sie zur Erkenntnis kommen. Gehe zurück zu deinen Freunden, ihr bekommt Besuch."

„Danke, Heiliger Geist."

„Nicht dafür, das Gespräch bleibt unter uns, Isaak."

So ging Isaak wieder zu seinen Freunden. Sie besprachen den nächsten Tag, als es klingelte. Judas öffnete die Tür und taumelte zurück.

„Gestas, was machst du hier?"

Ein gewinnendes Lächeln auf den Lippen, stand der kleine Mann vor ihm. Keine Bösartigkeit umrandete seine Augen. Trotzdem war Judas auf der Hut.

„Hallo, Judas, wir haben uns ja lange nicht gesehen. Willst du mich nicht hereinbitten?"

„Das ist schlecht, wir sind in einer Konferenz."

„Ach, hab dich mal nicht so. Ich höre da hinten doch altbekannte Stimmen."

Mit den Worten schob der Schächer den kleinen Judas zur Seite. Sofort wurde es still im Raum. Simon Petrus stand auf und ging auf den Schächer zu.

„Gestas, du hier? Hat Luzi dir Freigang gegeben?"

Ein breites Lächeln umspielte Gestas Mund.

„Heute Abend muss ich wieder am Höllenfeuer sein."

„Was willst du hier? Langt es nicht, dass du unseren Herren am Kreuz verhöhnt hast?"

„Nicht so garstig, Simon Petrus. Es sind 2000 Jahre vergangen, da ändert man sich. Aber du konntest mich noch nie leiden."

„Wahrlich, das stimmt. Und jetzt verschwinde."

„Ah, Petrus hat hier das Sagen. Wo ist denn euer Herr?"

„Das geht dich gar nichts an. Diesmal werden wir ihn vor dir schützen."

„Dann darf ich doch Mose 23 zitieren:

„Die Rache ist mein, ich will vergelten. Zu seiner Zeit soll ihr Fuß gleiten, denn die Zeit ihres Unglücks ist nah und was über sie kommen soll, eilt heran. Denn der Herr wird sein Volk richten, und über seine Knechte wird er sich erbarmen. Denn er wird ansehen, dass ihre Macht dahin ist."

„Was willst du uns damit sagen?"

„Fragt Moses, der gibt euch die falsche Antwort."

Ein meckerndes Lachen folgte, was so gar nicht zu dem Mann passte.

„Scherz beiseite. Was macht ihr da?"

„Wir verbreiten den Glauben. Mehr brauchst du nicht zu wissen."

„Lass mich euch helfen."

„Hast du schon einmal gesehen, dass ein Bock Milch gibt?"

„Sei mal nicht so unfair, Petrus. Habe ich nicht 2000 Jahre in der Hölle geschmort?"

„Mir sind da einige Sachen zu Ohren gekommen, die nicht zum Schmoren passen."

„Man muss sich halt arrangieren."

„Also der geborene Politiker?"

„Man lernt aus dem Umfeld da unten."

In dem Moment kam Jesus mit Maria um die Ecke. Bei Maria konnte man schon die Schwangerschaft sehen. Ein kleiner Bauch wölbte sich unter dem Kleidchen. Gestas drehte sich um, als Petrus und Judas an ihm vorbeischauten und schaute Jesus und seine Freundin überrascht an.

„Sieh an, mein Freund Jesus."

Jesus stockte einen Moment, als er den Mann sah.

„Gestas, was machst du hier?"

„Ich wollte dich um Verzeihung bitten, mit dem, was am Kreuz passiert ist."

Maria beugte sich zu ihrem Freund.

„Jesus, wer ist dieser Mensch?"

„Das ist Gestas, er hat mich damals am Kreuz verhöhnt."

Gestas Gesicht wurde verschlagen, als er sich vordrängelte.

„Sieh an, Jesus hat eine Freundin."

Ein Blick auf Marias Bauch ließ seine Gedanken überschlagen.

„Sieh an, sieh an und schwanger ist die Kleine auch noch. Das hast du hinbekommen, Jesus? Nach 2000 Jahren der Jungfräulichkeit, ich bin erstaunt."

Die Stimme triefte vor Spott.

„Dann wird es ja mit Väterchens neuer Auferstehung nichts."

Jesus packte den Mann am Revers und hob ihn hoch. Mit leiser Stimme und stahlhartem Blick sprach, und schaute er Gestas an.

„Lass meine Familie aus dem Spiel, im Besonderen meinen Vater. Du bist und bleibst ein Schächer."

Vollkommen unbeeindruckt antwortete Gestas: „Na, na, Jesus, nicht so harsch. Ich habe hier einen Brief vom Vatikan, der mich ermächtigt, eurem Treiben ein Ende zu bereiten."

Jesus Stimme wurde dunkel und belehrend.

„Welcher Herrscher auf dieser Welt erdreistet es sich, Gottes Sohn Befehle zu erteilen?"

Seismologisches Institut Glücksburg

„Schnell, Bernd, schau dir das an. Erdbeben in Flensburg."

„Schnellanalyse."

„Kommt sofort. Unmöglich."

„Was ist unmöglich?"

„Richterskala 8, Standort am Hafen in Meereshöhe. Absolute Tsunami-Gefahr."

„Was machen wir jetzt?"

„Ich rufe den Bürgermeister an, der muss dann entscheiden."

„Flensburg wird platt sein. Informiere den Katastrophenschutz."

Flensburger Hafen

Die Leute, die am Flensburger Hafen spazieren gingen, waren leicht irritiert, als auf einmal der Boden unter ihnen wackelte, der Himmel sich schlagartig verdunkelte und sie meinten, Posaunenklänge zu hören. Erschreckt schauten sie sich an, um dann die Skyline anzuschauen. Aber keines der alten Häuser fiel in sich zusammen, und nach 10 Sekunden war alles vorbei. Der Himmel klärte sich so schnell wie er sich verdunkelt hatte.

Wieder bei Jesus

Gottes Sohn hörte die Stimme seines Vaters in seinem Kopf.

„Jesus, mein Sohn. Lass den Schächer in Frieden, er hat noch eine Aufgabe zu erfüllen."

Jesus zögerte einen Augenblick, stellte Gestas zurück auf den Boden. Wie verändert sah er dem Verbrecher in die Augen.

„Von wem ist der Brief?"

„Von Adolfo de Angelis, dem Vertrauten des Papstes."

„Es gibt so viele Vertraute des Papstes, dass er, glaube ich, keinen Überblick mehr hat."

Gönnerhaft tätschelte er die Wange des Mannes. Gestas schaute irritiert wegen des schnellen Sinneswandels und gab Jesus den Brief. Der ihn durchlas.

„Kardinal Adolfo, auch bekannt unter dem Namen Streichelkardinal. Wie hast du ihn dazu bekommen, diesen Brief zu schreiben, Gestas?"

Jesus, der Gestas um eineinhalb Köpfe überragte, schaute den Schächer ernst an. Der Verbrecher, von Luzi mit der Gabe der überzeugenden Lüge ausgestattet, schaute den Sohn Gottvaters treu in die Augen.

„Ich wollte meine Dienste dem Vatikan zur Verfügung stellen. So geriet ich an Kardinal de Angelis."

„Und er hat dich dazu ausgesucht, den Brief zu überbringen."

Diese Feststellung kam spöttisch über die Lippen des werdenden Vaters.

„So ist es, so wahr mir Gott helfe."

„Spotte nicht meines Vaters, Gestas."

„Was soll ich dem Kardinal jetzt ausrichten?"

„Sage ihm, ich bin nur bereit, mit dem Vertreter Gottes zu sprechen."

„Mit dem Papst? Keiner wird dir glauben, dass du der Sohn Gottes bist. Sie erwarten dich erst zum Jüngsten Gericht, und das wird ja noch etwas dauern."

„Woher willst du das wissen, Gestas? Vielleicht ist der Zeitpunkt perfekt, und Väterchen ist es leid, mit den Menschen umzugehen. Damit würde auch dein Auftraggeber sterben. Kein Mensch, kein Luzi."

Gestas war von dieser einfachen Feststellung betroffen.

„Jetzt verschwinde, Gestas, und richte es dem Kardinal aus."

Ohne sich weiter um den Mann zu kümmern, ging Jesus in den Raum in dem die anderen saßen. Judas schloss die Tür, und Gestas stand erstaunt davor.

„Dieser verdammte Hurensohn. Herr, was soll ich machen?"

Auch in seinem Kopf entstanden jetzt Buchstaben. Die Kommunikationstechnik Luzis war lange nicht so perfekt wie die von Gott-Vater.

„Fahre zurück nach Rom, erstatte de Angelis Bericht und treibt das Projekt Aktie nach vorne. Ich habe genug erfahren."

Das Schicksal lässt sich nicht betrügen

Der Tag der Niederkunft kam immer näher, und rege Betriebsamkeit zeichnete die Apostel aus. Judas Iskariot hatte sein Aktienpaket im Griff und immer wieder eine neue Idee, diese kleinen Dinger an den Mann zu bringen. Aus einer Idee war ein stattliches Unternehmen geworden. Der Bedarf an Glaubensaktien war sprunghaft gestiegen, und die Rendite war einmalig. Auch die Intervention von Judas, die 10 Gebote zu reformieren, wurde durchaus positiv angenommen.

Aber eine kleine Wolke zeichnete sich am Himmel ab. Zur selben Zeit, als Judas mit dem Aktienpaket des Glaubens angefangen hatte, kam ein anderes Paket auf den Markt, das auch den Glauben verkaufte. Aber den Glauben an das Böse. Auch diese Papiere fanden reißenden Absatz. So lieferten sich die beiden Parteien ein Kopf-an-Kopf-Rennen. Den Aktienindex freute es und zog einen Rattenschwanz von weiteren Investitionen nach sich. Immer mehr Unternehmen stiegen in den Glaubensmarkt ein. Es waren viele, die der Meinung waren, etwas mit dem Glauben zu tun zu haben. Glaube war der Renner und löste Technik- oder Kommunikationsaktien von der Spitze ab.

Die kleine Gruppe hatte von Gestas nichts mehr gehört, auch der Vatikan verhielt sich ruhig. Judas wusste, dass es nichts Gutes zu bedeuten hatte, seinen Gegner nicht zu sehen und zu hören. So besprach er die Situation mit Isaak.

„Ja, Isaak, große Sorgen plagen mich."

„Was ist, Judas?"

Der Apostel teilte Isaak seine Sorgen mit.

„Wenn ich nur wüsste, wer dahintersteckt."

„Das kann ich mir schon denken."

„Lass hören."

„Ich habe mich einmal etwas umgehört. Die andere Partei wird von Rom aus gesteuert. Also nehme ich an, dass

Gestas und Adolfo ihre Finger im Spiel haben. Der Gegner fängt an, sich zu formieren."

„Was sollen wir machen, Isaak?"

„Ich habe dir gleich gesagt, dass es eine dämliche Idee war, mit dem Glauben Kohle zu machen."

„Weißt du eigentlich, in wie viele Unternehmen wir jetzt schon wieder investiert haben? Nur von den Gewinnen gesteuert. Alleine das Waffen- und Drogengeschäft bringt uns Milliarden."

„Genau das ist es, Judas. Du fachst Glaubenskriege an, und der Mensch bleibt auf der Strecke."

„Aber wir haben doch gute Gewinne gemacht und die Aktionäre haben auch was davon, wie auch Wohlfahrtsverbände."

„Und die Nichtgläubigen bleiben auf der Strecke?"

„Es bleibt immer einer auf der Strecke, diesmal sind es die Ungläubigen. Und Väterchen war doch absolut dafür."

„War er dafür? Oder war er zweifelnd?"

„Ich nenne dich ab jetzt, Isaak der Zweifler."

„Es ist kein Spaß mehr, Judas. Erinnere dich an die vielen Menschen auf der Fahrt von Trondheim nach Oslo. Wie viele verschiedene Glaubensrichtungen waren da anwesend? 7, 8, 10? Ich weiß es nicht mehr. Alle waren friedlich. Jesus hat den Wein und ein kleines Pfeifchen gespendet, und alle waren glücklich."

„Ja und? Was willst du mir sagen, Isaak?"

„Waren diese Menschen alles Ungläubige? Soll Gottvater beim Jüngsten Gericht diese Ungläubigen ins Feuer schicken, nur, weil sie so geboren wurden? Oder meint der Gläubige, er sei der Auserwählte?"

„Isaak, was habe ich damit zu tun?"

„Du handelst mit Glaubensaktien, mein Freund, Du bist meinungsbildend. Wenn du sagst, jetzt findet der Glaubenskrieg statt. Was passiert? Die so genannten Ungläubigen werden zu Mördern gedungen, somit werden auch Gläubige zu Mördern. Ist es das, was du willst, nur aus Gewinnsucht?"

„Das habe ich nicht gewollt."

„Aber so funktioniert das System der Menschen, und du hast es schnell begriffen, aber nicht über die Konsequenzen nachgedacht."

Isaak merkte, dass er Judas zum Umdenken bewegen konnte und wartete seine Antwort ab.

„Was sagen unsere Mitstreiter, die Apostel, dazu?"

„Sie sind schon lange nicht mehr dafür, obwohl sie wegen der Annehmlichkeiten, die sie erfahren, ab und zu schwanken."

„Nur der erkennt die Sünde, der sie erlebt."

„So ist es, Judas, und die Menschen sind wie kleine Kinder. Sie müssen die Erfahrung machen, um daraus zu lernen."

„Sie haben doch in den letzten 2000 Jahren genug Leid erfahren und nichts dazugelernt."

„Wer sagt das? Der Einzige, der die Wahrheit kennt, ist der Heilige Geist."

„Und Väterchen?"

„Ja, Väterchen. So erschuf Gott den Menschen nach seinem Ebenbild."

„Also ist Väterchen auch nicht unfehlbar?"

„Er hat es auch nie behauptet."

Judas überlegte.

„Was ist mit Jesus?"

„Was soll mit Jesus sein? Er wird Vater, und Väterchen wird Großvater. Aber zu deiner Beruhigung: Wenn du wieder auf Linie bist, kümmern wir uns um den Sohn Gottes und legen die weitere Taktik fest."

„Es hat den Anschein, als hättest du das Kommando."

„Weit gefehlt, Judas, ich habe zu lange geschwiegen und helfe euch nur auf den geraden Weg zurück. Der Führer ist Jesus, er ist nur etwas abgelenkt."

Isaak hörte eine ermunternde Stimme in seinem Kopf.

„Gut, Isaak, lass hören, wie du weiter verfährst."

„Wir haben einen Lauscher, Judas."

„Väterchen?"

„Ja, dann soll er dafür sorgen, dass Luzi von unserem Gespräch nichts mitbekommt."

Diesmal hörten beide die Stimme.

„Über euch steht eine sichere Leitung."

Isaak grinste Judas an.

„Was grinst du so dämlich?"

„Ich werde dich jetzt Gott ein bisschen näherbringen. Und du, Väterchen, hältst deinen da heraus."

„Wie willst du das denn machen?"

„Habe ich dein Vertrauen, Judas?"

„Wenn nicht du, wer denn sonst?"

„Dann isst du das jetzt."

„Was ist das?"

„Auf der Erde sagen wir, es ist der Zauberpilz, mit dem Wirkstoff Psilocybin. Er führt dich in ein neues Universum, oder er wird dich an die Kandare nehmen. Er wird dir sagen, was für eine Scheiße du treibst. Aber der Pilz wird dir auch die Wahrheit zeigen."

„Also eine kleine Droge. Ich glaube nicht, dass so kleine Dinger mir etwas anhaben können. Bei Luzi bekamen wir harten Stoff."

„Versuche es einfach."

„So darf ich, bevor ich es nehme, den 1. Korintherbrief zitieren!

„Ihr esset nun oder trinket, oder was ihr tut, so tut alles zu Gottes Ehre." No hope, no dope.

„Gib her das Zeug."

Judas nahm die kleine Tüte, leerte sie mit einem Zug und stürzte einen Schluck Wasser hinterher.

„Und was jetzt?"

„Jetzt setzt du dich auf deinen Hintern in diesen Sessel und hörst das."

Isaak hielt ihm einen Kopfhörer hin, den der Apostel sich überstülpte. Isaak sah an den erweiterten Pupillen, dass die Reise des Judas begonnen hatte und wieder hörte er die Stimme Väterchens.

„Isaak, du bist ein schlauer Fuchs."

„Danke, Väterchen."

Es klopfte an der Tür. Isaak öffnete, und vor ihm stand Jesus.

„Komm herein, Jesus. Kann ich dir helfen?"

„Isaak, wir müssen reden."

„Um was geht es denn?"

„Maria liegt mir in den Ohren, dass es nicht richtig ist, was wir mit den Aktien machen."

„Auf den Instinkt der Frauen ist doch Verlass."

„Wieso?"

„Judas hat auch Zweifel."

„Er war doch der, der die Idee hatte."

„Sagen wir mal, er ist seinen Instinkten gefolgt und hat als Einziger einen Vorschlag gebracht, und alle haben ja gesagt."

Beide gingen ins Wohnzimmer, und Jesus sah Judas halb im Stuhl liegend. Das Gesicht verzerrt, mal lächelnd, mal schluchzend.

„Was hast du mit ihm gemacht?"

„Er wollte die Wahrheit wissen, da habe ich ihm eine kleine Menge Zauberpilze gegeben. Die werden ihm die Wahrheit sagen, oder er wird einen Horrortrip erleben."

„Aber die Wahrheit kennen doch alle."

„Bist du dir da so sicher, Jesus? Selbst du bist ein Zweifler."

Ein kurzer Moment des Schweigens erfüllte den Raum.

„Hast du noch von den Dingern?"

147

„Ja, willst du auch?"

„Ja."

„Aber ich denke, du bist allwissend."

Jesus schaute Isaak belustigt an und zeigte mit dem Finger nach oben.

„Ich lebe nur davon, was er mir da oben gibt. Ob es alles der Wahrheit entspricht, entscheidet sich meist erst später."

Beide hörten wieder die altbekannte Stimme in ihren Köpfen.

„Das ist ja wohl infam, mir zu unterstellen, dass ich dir nicht die Wahrheit sage."

Jesus lächelte noch immer.

„Siehst du, wie er sich aufregt. Es ist meist das schlechte Gewissen. Anstatt ordentlich zu argumentieren, erst muss er sich einmal aufregen und abstreiten. Er will es nämlich nicht zugeben, dass er auch nicht allwissend ist."

„Wer ist denn allwissend, Jesus?"

„Der Heilige Geist?"

„Fragezeichen?"

„Genau, Isaak. Schau, der Begriff Allwissenheit ist ein von Menschen geformter Begriff. Väterchen erschuf den Menschen nach seinem Ebenbild, mit einem freien Willen. Wenn wir also allwissend wären, brauchten wir nicht euch Menschen zu erschaffen, denn wir wüssten, wie ihr reagiert. Was soll ich mich mit einer Auferstehung quälen, nur, um euch zu gefallen? Werdet ihr durch die Auferstehung gläubiger oder bessere Menschen? Das habe ich mir schon lange abgeschminkt.

Ich will nicht der große Prediger sein, ich will Mensch sein und den Menschen in mir erleben. Denn ein Mensch sieht, was vor seinen Augen ist, der Herr sieht sich das Herz an, und dann ist es egal, was du für einen Glauben hast."

Ein lautes Schniefen drang an beider Ohren.

„Sohn, das hast du schön gesagt."

„Danke, Papa."

148

„So, jetzt nimm das Zeug, damit du die Wahrheit erfährst."

Isaak hielt ihm das Tütchen hin, das der Sohn Gottes dann mit einem Zug leerte.

Der Show-down hat begonnen

In Rom saßen drei Gesellen in einem alten Palazzo beisammen. Der Raum war mit Heiligenbildern an der Wand geschmückt. Die Füße auf dem Tisch, der sich unter den Speisen bog. Rotwein schlürfend, stimulierten sie sich gegenseitig, in immer höhere Sphären des Aktiengeschäftes. Einige halbnackte junge Frauen saßen gelangweilt auf einem Chaiselongue und harrten der Dinge, die kommen sollten.

Luzi, einer der drei, nahm Gestas am Arm und deutete auf Adolfo de Angelis, der in seiner Kardinalsrobe so gar nicht in die kleine Gesellschaft passte.

„Gestas, schau dir unseren Pfaffen an. Wie schnell man aus einem halben Heiligen eine Hure machen kann."

Luzi hob das Glas und zitierte das dritte Buch Mose:

„Keine Witwe oder Verstoßene, oder Entehrte, oder Hure, sondern eine Jungfrau seines Volkes, soll er zur Frau nehmen."

Mit einem hässlichen Lachen überschüttete er den Kirchendiener. Dann drehte er sich zur Tür und schrie mit tiefer Stimme: „Führt ihn herein, dass der Bund auf ewig halte."

Die große Tür ging auf und ein kleiner Junge im Messdienergewand wurde hereingeführt. Ängstlich schaute er sich um und starrte Luzi mit großen Augen an. Luzi ging zu ihm und sprach ihn mit zuckersüßer Stimme an: „Komm, mein Kleiner, dein Herr wartet schon auf dich."

Er legte ihm seine Spinnenfinger auf die Schulter und führte ihn zum Kardinal, der die beiden mit entsetzten Augen anschaute und stotterte.

„Ist es nicht genug, Luzifer? Hast du mich nicht genug gequält?"

„Genug gequält? Wir haben noch gar nicht angefangen. Soll ich dir mal etwas sagen? Überläufer werden in beiden Lagern nicht gerne gesehen. So, und jetzt vernasche den Kleinen. Da hast du doch Übung drin. Stell dich nicht so an, ich habe es bezahlt. Gestas, du nimmst dir diese beiden, ich nehme die anderen drei."

Luzifer und Gestas gingen mit den jungen Frauen in die dafür vorgesehenen Schlafzimmer. Luzifer drehte sich noch einmal um.

„Zögere nicht, Adolfo, es kommt alles auf eine Rechnung, und die ist schon geschrieben."

Mit einem dreckigen Lachen verschwand er im Zimmer.

Im Himmel

Gottvater schaute gebannt auf die Szene, die sich auf der Erde auftat. Maria stand hinter ihm. Sie hatte sich hereingeschlichen, ohne dass er es merkte oder nicht merken wollte.

„Oh, das Schwein, der soll mir mal unter die Finger kommen."

Väterchen drehte sich erschrocken um.

„Maria, ich habe dich gar nicht hereinkommen hören."

Dabei hatte er ein leichtes Grinsen um die Augen.

„Entschuldige, Väterchen, ich habe meine neuen Schuhe an und die sind so leise."

„Na, was dir fehlt ist ein Schuhzimmer, indem du auch deine neuen Schuhe ausprobieren kannst", kam die erstaunte Antwort.

„Was siehst du da, Väterchen?"

„Der Sündenfall eines Kardinals."

„Du kannst doch nicht zuschauen, wie er das Kind verführt, das ihm der Dreckskerl besorgt hat."

„Na, na, na, Maria. Was für eine Ausdrucksweise hast du dir angeeignet?"

„Na ja, kannst du das billigen, dass der Kerl seine Spielchen mit den Menschen treibt?"

„Vor kurzem hattest du noch so viel für ihn übrig."

„Wusste ich da schon von seinen Machenschaften?"

„Das macht er, seitdem die Menschheit besteht. Aber pass auf. Ich habe ihm eine kleine Falle gestellt."

Wieder schauten beide gespannt auf die Szene, die sich vor ihnen abspielte. Adolfo fiel auf die Knie, hob die Hände gegen den Himmel.

„Herr, hilf mir, ich bin nur ein kleiner Sünder."

„Wen sprichst du mit Herrn an, Adolfo? Luzifer oder mich, den Allmächtigen?", dröhnte es in seinen Ohren.

„Dich, oh, Allmächtiger."

„Trägst du da nicht etwas stark auf, Väterchen? Allmächtiger."

„Etwas Theatralik muss doch dabei sein, Maria. Aber warte, jetzt kommt es. Ich habe weiter an meinen Spezialeffekten gearbeitet."

Der Junge wurde größer und größer, bis er dastand, Flammen ihn umhüllten und er seine beiden Hände auf ein riesiges zweischneidiges Schwert stützte. Mit weicher Stimme, die man ihm gar nicht zutraute, sprach er Adolfo an.

„So höre Adolfo."

Er aber ging hin in die Wüste, eine Tagesreise weit und setzte sich unter einen Wacholder und wünschte sich zu sterben und sprach: Es ist genug, so nimm mich, Herr, meine Seele. Ich bin nicht besser als meine Väter, und er legte sich hin und schlief unter dem Wacholder. Und siehe, ein Engel rührte ihn an und sprach zu ihm: steh auf und iss. Und er sah sich um, und siehe, zu seinem Haupt lag ein geröstetes Brot und ein Krug mit Wasser. Und als er gegessen und getrunken hatte, legte er sich wieder schlafen.

Und der Engel des Herren kam zum zweiten Mal wieder und rührte ihn an und sprach: Steh auf und iss! Denn du hast einen weiten Weg vor dir. Und er stand auf und aß und trank und ging, durch die Kraft der Speisen, vierzig Tage und vierzig Nächte, bis zum Berg Gottes Horeb.

„Hast du die Worte des Herren verstanden, Adolfo?"

„Ja, oh, Herr. Ich nehme die Leiden der vierzig Tage und vierzig Nächte an."

„So sei es. Dann beginn deine Reise jetzt."

In diesem Moment hob der Erzengel sein Schwert und deutete auf den Kardinal, der tot auf den Boden fiel. Die Tür, durch die Luzi verschwunden war, wurde aufgerissen und der Teufel kam heraus.

„Was ist das für ein Lärm? Kann man noch nicht einmal in Ruhe ein Nümmerchen schieben?"

Er sah den Erzengel des Herrn.

„Was machst du denn hier, Gabriel?"

„Ich bin im Auftrag des Herrn unterwegs."

„Was für einen Auftrag hattest du denn, Gabriel?"

„Ich habe Adolfo heimgeholt."

„Aber ich hatte einen Vertrag mit dem Alten."

„Richtig, Luzi, aber du hast das Kleingedruckte nicht gelesen, und das machst du ja nie."

Wie aus dem Nichts hatte Luzi den Vertrag in der Hand und las das Kleingedruckte.

„Herr, du hast mich über das Ohr gehauen."

„Luzi, du hast nicht gelesen."

„Aber."

„Nicht aber, Luzi. § 543 Absatz 45."

„Und jetzt?"

„Was und jetzt? Du machst das, was du kannst, gehst zurück in dein Kraftwerk und empfängst Adolfo, dann weist du ihn ein."

„Und mein Nümmerchen?"

„Luzi, stell dich nicht so an, du vögelst seid Äonen von Zeiten, da wirst du doch mal auf die Mädels verzichten können."

Gestas kam aus dem Zimmer gestürmt.

„Was ist hier denn los?"

Luzi achtete nicht auf ihn.

„Was ist mit meinen Aktiengeschäften, Gabriel?"

„Hast du heute schon die Börse gesehen?"

„Nein."

Gabriel machte eine Handbewegung, und eine holographische Aufnahme der Börse erschien. Als Luzi die Bewegung auf dem Schirm sah, bekam er den Mund nicht mehr zu.

„Was passiert denn da?"

„Tja, Judas konnte überzeugt werden, die Glaubens-Aktien zurückzuziehen. Du weißt ja, keine Glaubensaktien, keine Antiglaubensaktien. So ist das Geschäft."

„Dann bin ich pleite."

„Na, na, na. Das läuft doch genauso wie bei Väterchen. Ihr habt doch beide kein Geld investiert. Bezahlt haben doch nur die Gläubigen und Ungläubigen."

„Und jetzt?"

„Bei uns läuft so etwas als Kollekte. Da dieser Begriff auch im Himmel geschützt ist, musst du dir etwas anderes einfallen lassen. Außerdem hast du noch Schulden bei Väterchen."

„Mein Geschäft ist nicht zustande gekommen."

„Ich habe dir doch gesagt, du sollst das Kleingedruckte lesen."

„Und eure ganzen Geschäfte, inklusive Waffengeschäfte?"

„Aufgelöst. Das Geld fließt als Kollekte in die Kirche."

„Ich bin sprachlos."

„Das passiert bei dir nicht oft, Luzi. Du hättest auch auf die Idee kommen können. Dann würde Väterchen jetzt dumm aussehen."

„Und die ganze Zeit, die ich investiert habe? Wer vergütet mir die?"

„Jetzt jaul mal nicht herum, Luzi. Als selbständiger Abteilungsleiter ist auch Mehrarbeit angesagt."

Gestas, der die ganze Diskussion mit angeschaut hatte, hatte das Bedürfnis einen Einwand zu vorzubringen.

„Was ist jetzt mit mir?"

„Halt dein Maul, Gestas und verschwinde."

Luzi machte eine wegwerfende Handbewegung, und Gestas verschwand.

„Na, Luzi. Geht man so mit Angestellten um?"

„Scheiß drauf, Niedriglohnsegment."

„Was, die bekommen bei dir Lohn?"

„Wieso, bei euch nicht?"

„Wir machen es aus gutem Glauben."

Gabriel stützte den Kopf auf Daumen und Zeigefinger und verschwanden.

Väterchen sagte zu Maria: „Siehst du, das passiert, wenn du den Angestellten zu viel Spielraum lässt, um mit dem Gegner zu kommunizieren. Jetzt muss ich Gabriel erst einmal beruhigen."

„Tja, Väterchen, jeden Tag Honig und Milch ist ziemlich unbefriedigend. Vor allem, wenn sie sehen, dass der Mensch ihnen etwas anderes vorlebt."

„Was soll das heißen?"

„Reformen, Väterchen, Reformen ist das Zauberwort."

„Reformen heißt, mehr Arbeit für die Verwaltung. Und die Verwaltung bin ich."

„Und der Wasserkopf, der hinter dir steht."

Der unschuldige Blick Väterchens reizte Maria bis auf Äußerste. Sie holte tief Luft, um vom Leder zu ziehen, als Gabriel erschien.

„Warum hat das so lange gedauert, Gabriel?"

„Stau", kam die einsilbige Antwort.

„Was ist, Gabriel?"

Gabriel druckste herum.

„Jetzt arbeite ich schon so lange für dich, Väterchen, und nie haben wir Lohn bekommen. Luzi erzählte mir gerade…"

„Ich weiß, was Luzi dir erzählt hat", war die genervte Antwort Gottvaters.

„Ich habe es dir schon damals gesagt, Väterchen."

„Was mischst du dich da ein, Heiliger Geist? Haben wir nicht momentan genug Stress?"

„So etwas nennt man moderne Leibeigenschaft."

„Was hast du denn für eine Ahnung?"

„Mehr als du denkst, Väterchen, jeden Tag den Gewerkschafts-Kanal, und du bekommst den Rat nach deiner Wahl."

Väterchen schaute vollkommen konsterniert Maria an.

„Seid ihr jetzt alle gegen mich?"

Gabriel, der erstaunt der Diskussion folgte, antwortete: „Ich nicht."

Es kam wie aus einem Munde als Gottvater und der Heilige Geist dann sagten: „Schnauze."

„Was rätst du mir denn, oh, du Heiliger Geist."

„Mal nicht so von oben herab, Herr Gottvater. Ich will es dir sagen. Jedem Engelchen seinen Engel, jedem Pastor seinen Messdiener."

Maria, die immer größere Augen bekam, unterbrach den heiligen Geist.

„Jetzt gehen mit dir aber die Pferde durch. Weißt du, was du da gerade gesagt hast?"

„Ich denke doch."

„Jedem Pastor seinen Messdiener?"

Marias Stimme wurde langsam etwas hysterisch.

Es hatte den Anschein, als würde die Stimme des Heiligen Geistes etwas stottern.

„Da war ich wohl etwas im Gedanken."

„Hauch mich mal an."

„Maria."

„Du sollst mich anhauchen."

Ein leichter Hauch, der sich wie Nebel materialisierte, schwebte auf Maria zu. Maria schnupperte.

„Du hast getrunken."

„Nur etwas."

„Nur etwas, du stinkst wie ein Schnapsladen."

„Ähem."

„Wir sprechen später noch. Ich glaube, es wird Zeit, dass ich das in die Hand nehme."

„Aber."

„Nicht aber, Väterchen, geh zu deinem Vorgesetzten, den Heiligen Geist und genehmigt euch noch ein Schlückchen. Ich werde einige Sachen organisieren müssen."

Gabriel, der merkte, dass sich das Blatt wendete, startete noch einen Versuch.

„Maria…"

„Schnauze, Gabriel, über Forderungen reden wir erst später."

„Maria, du kannst doch nicht…"

„Ich kann! Väterchen, lass mich mal machen. Ihr beiden bringt nur alles durcheinander. Alterssenilität, was?"

Judas und Jesus wachten fast gleichzeitig wieder auf. Das letzte Drittel des langen Rauschzustandes verlief ohne besondere Vorkommnisse. Beide lächelten, bis sie aufwachten. Isaak hatte sie amüsiert beobachtet.

„Na, ihr beiden Helden. Wie war eure Reise?"

Judas antwortete zuerst.

„Endlich weiß ich, was ich machen soll."

„Und was sollst du machen, Judas?"

„Wir können nicht den Glauben erzwingen, wie es bis heute Sitte war. Der Glaube muss sich aus dem Glauben generieren. Nur so hat der Glaube eine Chance zu überleben. Und nur mit einem starken Glauben hat Gottvater die Chance, zu überleben. Denn seine Energie kommt aus dem Glauben."

„Judas, du hast die Philosophie des Glaubens verstanden. Denn es ist dann vollkommen egal, welcher Glaubens-Richtung man angehört."

Judas lächelte.

„Väterchen, du solltest die Pilze auch mal probieren."

„Judas, Judas, Judas. Einer der Gründe, warum ich 15 Milliarden Jahre gebraucht habe, die Welt zu erschaffen ist, ich musste einige der Stoffe selbst probieren. Da stimmten die Mengenangaben nicht. Das hat mich einige hundert Millionen Jahre zurückgeworfen."

„Warum klärst du Maria nicht auf? Sie meint immer noch, du hättest die Welt in 7 Tagen erschaffen."

„Wissen ist Macht. Nichts wissen macht gar nichts. Was meinst du, warum ich mit dem Menschen so nachgiebig bin?

„Weil er meint, alles zu wissen, aber absolut unwissend ist."

„Du hast schon ein schweres Los, Väterchen."

„Du sagst es, Judas."

Isaak, der interessiert zugehört hatte, meinte: „Und du, Jesus, du siehst auch zufrieden aus."

„Wenn du gesehen hättest, was ich gesehen habe, wärst du auch zufrieden."

In dem Moment klingelte das Handy von Isaak.

„Hier ist Isaak."

„Isaak, hier ist Maria. Jesus hat sein Handy vergessen, und mir ist die Fruchtblase geplatzt."

„Ja und jetzt?"

„Nichts und jetzt, du Idiot. Bring Jesus ins Krankenhaus, ich habe schon einen Krankenwagen bestellt. Immer, wenn man euch Männer braucht, glänzt ihr durch Abwesenheit."

Die Verbindung wurde unterbrochen. Jesus und Judas schauten Isaak neugierig an.

„Was ist, du bist kreidebleich geworden?"

„Was ist? Fragt ihr Idioten? Wir werden Vater."

Seine Stimme überschlug sich fast, als es an der Tür klingelte. Isaak riss sie auf und schrie die Apostel an: „Wir werden Vater."

Das Durcheinander, welches entstand, war nicht zu beschreiben. In völliger Unerfahrenheit einer Geburt, liefen alle durcheinander, und ein wildes Stimmgewirr erfüllte den Raum. Alle klopften Jesus auf die Schultern und gratulierten ihm, obwohl noch nichts passiert war. Isaak schaute es sich eine kurze Zeit an, holte tief Luft und schrie: „Ruhe."

Schlagartig war es ruhig.

„Sagt mal, was ist denn in euch gefahren? Noch ist gar nichts passiert."

Die Männer schauten ihn verständnislos an.

„Schaut nicht so dämlich, ihr Idioten. Jesus soll dabei sein, also haltet ihn nicht auf. Jesus und Judas fahren mit mir, der Rest kann sehen, wie er ins Krankenhaus kommt."

Während sich Isaak die beiden Männer schnappte, organisierte Petrus ein Sammeltaxi. Sie trafen sich alle bei der Anmeldung im Foyer, in dem schon zwei ältere Männer mit einer gutaussehenden jungen Frau saßen. Isaak stockte der Atem, und wandte sich an Judas.

„Kennen wir die beiden Männer nicht?"

„Oh ja. Alte Bekannte! Gottvater und der Heilige Geist. Mal wieder in einem neuen Outfit."

Die drei standen auf und gingen auf Jesus und die Jünger zu. Wieder beugte sich Isaak zu Judas.

„Wer ist denn die hübsche Kleine, mit dem tollen Arsch." Judas riss den Finger zum Mund.

„Psst, lass den Alten das nicht hören. Das ist Maria Magdalena."

„Das ist Maria Magdalena? Was für eine tolle Frau." Judas faltete die Hände.

„Du sagst es."

Gottvater hob an zu sprechen.

„Jesus, deine Zeit ist heute gekommen. Weißt du, was heute für ein Tag ist?"

„Günther Jauch, 1 Millionen Euro Frage."

„Judas, ich habe es gehört."

„Ja, Herr."

„Papa, mach nicht so eine theatralische Szene daraus. Ich will zu meiner Frau."

„Das kann noch einen Moment warten."

Maria zog Jesus von Gottvater weg.

„Herrgott, Väterchen, jetzt lass den Jungen zu seiner Frau."

Ratlos schaute der Alte den Heiligen Geist an, der lächelnd mit den Schultern zuckte.

„Lach nicht so blöde, Bruder, heute ist Ostern, der Tag der Auferstehung. Wir haben unsere Auferstehung."

Maria war in der Zwischenzeit mit Jesus im Kreissaal verschwunden, und Isaak genoss die Ruhe vor dem Sturm. Gottvater kam zu ihm, nahm Isaaks Schultern in beide Hände und zog ihn an sich.

„Na, mein Götterbote, wie fühlst du dich?"

„Gut, Väterchen."

„Bald nicht mehr. Lass die Finger von Maria, auch wenn dich ihr geiler Arsch anturnt."

Isaak, keineswegs erschreckt, hielt die Hand vor den Mund.

„Du solltest wissen, dass ich nicht auf Ärsche stehe, ich stehe auf Titten. Aber die sind auch nicht schlecht."

Väterchen stieß ihn wie einen Kumpel an.

„Da magst du wohl recht haben. Trotzdem ist sie zu alt für dich."

„Alter schützt vor Torheit nicht."

„Isaak."

Die Stimmung schwankte bedrohlich.

„Ist schon gut, ich habe es verstanden."

Der Heilige Geist, der das kleine Wortgefecht mitbekommen hatte, unterbrach lachend. „Meinst du nicht, dass Isaak für seine guten Dienste, die er dir und der Menschheit geleistet hat, eine Belohnung verdient hat?"

Sofort hellte sich das Gesicht Gottvaters auf.

„Du hast recht, Bruder, eine gute Idee, ich nehme ihn vorzeitig ins Himmelreich, da kann er mir gute Dienste leisten."

Isaaks gequältes Gesicht veranlasste den Heiligen Geist, ihn zu fragen: „Was sagst du dazu, Isaak?"

„Also, mir gefällt es auf Erden ganz vorzüglich, ich ziehe es vor, hier zu bleiben."

„So sei es, aber wir sind dir etwas schuldig."

„Da findet sich mit Sicherheit etwas, aber lass uns erst einmal auf die Geburt konzentrieren."

„Da hast du wahrlich recht."

Gottvater wurde langsam ungeduldig.

„Was macht Maria bloß so lange im Kreißsaal?"

Der Heilige Geist nahm ihn am Arm.

„Jetzt werde mal nicht nervös, Opa."

„Da muss ich mich aber erst mal dran gewöhnen."

Aus der Schwingtür drang Stöhnen und die beruhigende Stimme Marias.

„Das machst du gut, Kleines, ganz ruhig weiteratmen und pressen. Jesus halte sie."

Die Befehle kamen ruhig, kurz und besonnen. Die Männer, die draußen standen, wurden immer nervöser. Selbst der kleine Judas, der sonst der Besonnenste von allen war, hatte den Laptop weggelegt. Leichte Spannung breitete sich aus, und sie nahmen die Geräusche auf, die aus dem Kreissaal kamen. Es war eine ganze Zeit vergangen, als die Tür zum Vorraum aufgestoßen wurde und Jesus mit einem breiten Lächeln dastand, ein Neugeborenes auf dem Arm. Maria drängelte sich an ihm vorbei, mit zwei weiteren Neugeborenen auf dem Arm.

„Es ist geschafft, Mutter und Kinder sind wohlauf. Ihr könnt jetzt zur Mutter."

Wie erstarrt standen die Männer da und schauten die kleinen Neugeborenen an.

„Hallo, seid ihr noch da? Habt ihr noch nie Neugeborene gesehen?"

Wie aus der Erstarrung geholt, kam Väterchen auf Jesus zu.

„Hallo, Pa, eine Tochter, zwei Söhne."

„Du hast die Tochter, Sohn?"

„Ja."

„Wie soll sie denn heißen?"

„Gemäß der Tradition, Maria."

„Eine sehr gute Wahl, Jesus, du weißt, dass die Frauen unser Leben bestimmen. Wie wollt ihr die Jungs denn nennen?"

„Das wollten wir dir und dem Heiligen Geist überlassen."

„Was sagst du zu, Jesus?"

„Meinst du nicht, dass der Name Jesus in der Geschichte schon zu viel Unruhe gestiftet hat?"

„Meinst du, lieber etwas Bescheideneres?"

„In der Tat."

Der Heilige Geist, der zugehört hatte, lächelte verständnisvoll, legte die Hand auf die Schulter von Jesus.

„Wir werden uns etwas überlegen. Lass uns erst einmal zu Maria, ich glaube, sie hat unsere Aufmerksamkeit auch verdient."

Alle gingen in den Kreißsaal, Jesus und Maria legten die Kinder zu der Wöchnerin, und Väterchen und der Heilige Geist gaben ihr jeweils einen Kuss auf die Stirn. Erschöpft aber erleichtert nickte Maria den Männern dankend zu.

„Wer von euch stinkt denn so nach Schwefel."

„Ich, meine Liebe. Das schwarze Schaf in der Familie."

Neben Marias Bett erschien Luzi.

„Gestatten: Luzifer, das schlechte Gewissen der Drei."

Maria gab ihm die Hand.

„Nett, dich mal kennenzulernen, Luzifer."

„Ganz meinerseits, liebe Maria."

Luzi, gekleidet wie ein Gentleman, kleinen Gehstock in der rechten Hand, in der linken Hand drei kleine Hunde an der Leine:

„Meine Liebe, ich habe den Rackern ein Geschenk mitgebracht."

„Oh, das ist aber lieb."

„Na ihr drei Lieben, gutschi, gutschi, gutschi."

Väterchen, der die Szene mit Argwohn beobachtete, sagte:

„Luzi, habe ich dir erlaubt, Adolf, Mao und Stalin aus dem Kraftwerk zu entlassen?"

Luzi drehte sich ruckartig um.

„Woran hast du sie erkannt?"

„Du hättest Adolf den Bart wegzaubern sollen."

Luzi schaute sich erschrocken den einen Hund an.

„Dabei wollte ich ihr doch so eine Freude machen."

„Mit Adolf, Mao und Stalin, du Idiot.?"

„Na, na, na, Väterchen. Was soll denn diese vulgäre Ausdrucksweise?"

Judas, der etwas Entspannung in diese Situation bringen wollte.

„Sollen wir nicht ein Familienfoto machen?"

Maria, direkt begeistert, meinte: „Oh, das wäre schön."

Während die zwei Götter und Jesus zögerten, war Luzi direkt dabei und sagte: „Ihr stellt euch hinter das Bett, und ich habe die Kleinen im Arm."

Jesus maulte leise und erwiderte selbstbewusst: „Hinter dem Bett ist kein Platz. Außerdem hast du mit Sicherheit die Kleinen nicht im Arm."

Maria war sich der Situation voll bewusst und wiederholte mit verstellter Stimme: „Hinter dem Bett, da ist kein Platz. Dann macht doch welchen. Über das Wasser könnt ihr laufen, Bier zu Wein machen, aber einen kleinen Platz hinter meinem Bett, das schafft ihr nicht."

Der Heilige Geist lächelte entrückt.

„Ist sie nicht süß? Aber Maria, es war Wasser zu Wein."

Maria ging nicht auf die Bemerkung ein und bekam Unterstützung von Maria Magdalena.

„Luzi, mach du mal, die drei sind ja wohl paralysiert."

„Es ist mir eine Ehre, dabei streichelte sein Blick ihren Körper."

Maria warf den Kopf nach hinten.

„Lass das."

Luzi machte eine kleine Handbewegung, und der Raum hinter Maria vergrößerte sich. Zufrieden nahm Maria ihre Kinder in den Arm und forderte Maria Magdalena, die drei und Luzi auf, sich hinter dem Bett zu positionieren. Widerwillig folgten Jesus, Gottvater und der Heilige Geist den Anweisungen.

„Jesus, ich habe es dir gesagt, Frauen beherrschen unser Leben."

Sie stellten sich auf. Luzi in der Mitte, rechts Maria und Gottvater und links Jesus und der Heilige Geist.

„Judas, mach ein paar Aufnahmen."

Judas stellte sich vor das Bett und betätigte das I-Phone, was das kleine Ding hergab. Dann kontrollierte er die Aufnahmen. Bei einer hielt er an und zeigte sie Maria.

„Soll die auch mit?"

„Zeig mal."

Judas beugte sich zu ihr.

„Wer ist das denn?"

Judas beugte sich weiter zu ihr und flüsterte Maria ins Ohr. Luzi tat den Beleidigten und flüsterte Gottvater ins Ohr.

„Der Verräter. Wenn er wieder bei mir ist, bekommt er etwas zu hören."

„Ich glaube nicht, dass Judas noch einmal zu dir kommt, Luzi. Er hat bei mir eine Festanstellung bekommen."

„Auch du bist gegen mich?"

Väterchen griente ihn an.

„Schon seit ewigen Zeiten."

Maria zitierte Luzi zu sich und er kam bei Maria Magdalena vorbei, die lapidar bemerkte: „Jetzt bekommst du dein Fett, Luzi. Die hat Haare auf den Zähnen."

Maria deutete auf das Bild.

„Was soll das?"

Luzi druckste herum.

„Es kam so über mich."

„Ach, es kam so über dich. Das ist ja interessant. Wenn ich die Bilder später den Kindern zeige, was soll ich sagen? Das ist Onkel Luzifer, das schwarze Schaf in der Familie, in seiner wahren Gestalt. Das machst du in Zukunft nicht mehr. Ich habe nämlich vor, die Familie etwas näher zusammenzubringen."

Maria kramte in ihrer Handtasche und zog zwei Zettel hervor.

„Das eine ist ein Spezialist für Fußchirurgie, das andere ist ein Schönheitschirurg. Da lässt du dir den Schwanz operieren."

Als erster fing Isaak an zu lachen, dann die anderen. Luzi beugte sich zu Maria.

„Du hast ja noch nicht alles gesehen, ich stand doch hinter dem Bett."

„Ich kann darauf verzichten, Luzi. So, jetzt will ich noch ein paar Aufnahmen haben, mit den Aposteln und euch. Wer macht die Aufnahme?"

Judas meldete sich.

„Ich, Maria."

„Du wirst es mit Sicherheit nicht, Judas, du entwickelst dich noch zu eine der Hauptpersonen in meinem Leben."

„Ich wusste gar nicht, dass du hellseherische Fähigkeiten mit in die Familie bringst, Maria."

„Macht ihr mal nicht den Wichtigen, nur weil ihr von oben kommt und Götter seid. Ohne uns währet ihr gar nichts."

Der Heilige Geist stieß Luzi und Väterchen an.

„Wo sie Recht hat, hat sie Recht."

Beide nickten zustimmend.

„Na, besorgt mal einen Photographen."

Väterchen schnippte mit dem Finger.

„Gabriel, mach dich mal nützlich."

Judas erklärte ihm die Kamera, und alle stellten sich auf.

Als die Aufnahmen getätigt waren, kontrollierte Maria sie und wandte sich an Luzi.

„Siehst du, es geht doch. Alle Opas nehmen jeweils ein Kind."

Vorsichtig nahmen Gottvater, der Heilige Geist und Luzi eins der Kinder und stellten sich hinter der Mutter auf.

„Judas, du weißt Bescheid, bitte lächeln."

Judas knipste wieder ein paar Aufnahmen und bemerkte beiläufig: „Das geht in die Annalen des Himmels ein."

Keiner, außer dem Heiligen Geist, bekam mit, wie Luzi dem Kind, es war das Mädchen Maria, welches er auf dem Arm hatte, ein winziges Zeichen in den Fuß brannte. Sie

gaben die Kinder wieder an die Mutter, die sie liebevoll lächelnd in den Arm nahm. Sie wandte sich dann an Maria Magdalena: „Kannst du noch etwas hierbleiben, Maria?"
Maria streichelte ihr über die Stirn.

„Aber natürlich, mein Kind."
Luzi, der hinter Maria Magdalena stand, beugte sich zum Heiligen Geist.

„Hat sie nicht einen herrlichen Arsch, Heiliger Geist?"

„Da muss ich dir wohl recht geben, Luzi."
Während die beiden den sinnlichen Hintern Marias bewunderten, drang der Heilige Geist in die Gedanken Luzifers ein.

„Na, Bruder, wie ich sehe, hast du den Samen zu einem neuen Gang zwischen uns gelegt."
Luzi lächelte offen und schaute seinen Bruder an.

„So sicher wie das Amen in der Kirche. Das Rentendasein wäre für uns doch viel zu früh, Heiliger Geist. Oder?"

„Du sagst es, Luzi, du sagst es."
Luzifer verabschiedete sich artig von Maria, warf Maria Magdalena noch einen schmachtenden Blick zu und verschwand. Jesus blieb noch kurz bei Maria und folgte dann seinen Freunden, um mit ihnen die Geburt seiner Kinder zu feiern. Keiner sah das nachdenkliche Gesicht Judas, der einen Teil des Gedankenaustausches vom Heiligen Geist und Luzi mitbekommen hatte. Oder mitbekommen sollte?

Sie sehen, meine lieben Leser, der Glaube ist manchmal nur eine Sache der Sichtweise und Götter sind manchmal menschlicher als Menschen.

Weitere Titel von Johannes Weinand

Die Rassmussen Serie-Thriller

Band 1: Der Pfad des Profilers

Band 2: MAOA-L Das Krieger-Gen

Band 3: Savant

Das Kosmische Spiel-Science Fiction

Band 1: Die Regenbogenkrieger

Band 2: Der Dresdener Kodex

Band 2: Die Kristallköpfe

MIX

Papier | Fördert
gute Waldnutzung

FSC® C083411

Zeitfracht Medien GmbH
Ferdinand-Jühlke-Straße 7
99095 Erfurt, Deutschland
produktsicherheit@kolibri360.de